PLUS QUE DEUX MORTS ET C'EST NOËL

34-36, rue La Pérouse
75116 Paris

Collection Hugo Poche dirigée par Franck Spengler
Ouvrage dirigé par Bertrand Pirel
Graphisme de couverture : Emmanuel Pinchon
Photographie de couverture : © Shutterstock / Emilia Stasiak

ISBN : 9782755663105
Dépôt légal : octobre 2022
Imprimé en Espagne par CPI Blackprint

CLAIRE PLANTEVIN

PLUS QUE DEUX MORTS ET C'EST NOËL

Hugo Poche

SUSPENSE

À Bonne-Maman, évidemment.

Et aux Castéloriennes, Castéloriens,
Montabonaises, Montabonais,
Vouvréennes et Vouvréens,
j'espère que vous me pardonnerez
d'avoir nié le temps
de ces quelques pages
l'existence de Montval-sur-Loir.

Moi qui me croyais un saint
Il m'est apparu
Que j'ai un côté malsain
Donnant sur la rue

(« Moi qui me croyais un saint »,
Thomas Fersen,
album *Le Jour du poisson*)

PROLOGUE

– Simenon, c'est pas mal, mais il pleut souvent.

Le libraire du supermarché Leclerc de Château-du-Loir avait mis fin à ma léthargie rêveuse. J'avais flâné trop longtemps devant les polars à la recherche de mon cadeau de Noël et il avait dû improviser un conseil de lecture au hasard parce qu'on fermait bientôt.

Si mes souvenirs étaient bons, le garçon avait commencé au rayon des produits bio il y avait peut-être deux ans. Était-ce un blâme ou une promotion ? Il officiait en tout cas désormais entre les tables de livres et n'avait pas l'intention de fermer après l'heure prévue. Son regard implacable confirmait qu'il était sérieux sur la question des horaires. Même si son bonnet vert de lutin du père Noël imposé aux employés contrastait franchement avec la sévérité de ses traits. Le pauvre garçon n'avait pas prévu que sa remarque météorologique allait déclencher en moi une formidable réaction en chaîne qui débuta par une première question : qu'en était-il de cette histoire que je m'apprête à vous raconter ?

Quel temps faisait-il le jour où elle avait commencé ? Dans quelle catégorie climatique le libraire du Leclerc de Château-du-Loir la classerait-il ? Elle s'était déroulée dans les environs, quelque part dans le sud Sarthe, un coin du monde où il ne fait ni beau ni mauvais ou alors plutôt mauvais mais rien de dramatique. Elle s'était conclue la veille de Noël, disons donc qu'il faisait sans doute froid. Et la direction de Leclerc venait d'imposer le port du bonnet vert de lutin à ses vendeurs. Cette tendance festive était née dans l'esprit d'un directeur marketing zélé avant de se propager à toutes les enseignes, puis tous les magasins. Il n'y avait d'ailleurs plus une échoppe dans Château-du-Loir qui n'exagère pas l'ambiance de Noël à coup de déguisements ou de décorations outrancières.

Ma question météorologique en amena une autre qui me frappa l'esprit comme une révélation : si je ne parvenais pas à me souvenir du temps qu'il faisait quand tout cela avait commencé, peut-être était-ce parce qu'il ne s'agissait pas d'un jour en particulier mais d'un moment plus vague, une période diffuse ? Il n'y avait pas eu un jour, il y avait eu un pan.

L'ex-vendeur de produits bio s'était mis alors à fixer mon front, conscient que c'était là, quelque part derrière le haut de mon crâne, que tout se jouait à cet instant, et donc par ricochet, l'heure à laquelle il parviendrait enfin à me mettre dehors.

Comment dire s'il pleuvait à verse ce jour-là ou si la canicule avait fait transpirer les poulets de Loué puisque je ne savais pas même quel jour cette histoire avait débuté ?

Cette prise de conscience subite juste avant la fermeture ne m'avait pas apporté de réponse satisfaisante ni le cadeau de Noël que je cherchais. Ne voyant pas d'autre issue, j'avais donc consulté le spécialiste qui se tenait devant moi. L'index pointé vers les piles de romans policiers, sur les étals enrubannés de guirlandes de Noël, je lui avais posé la question pour connaître son avis, de son point de vue de commercial de la littérature policière.

– Par quoi commencent toutes ces histoires ?

Il ne s'était pas laissé impressionner. Il était bien décidé à m'offrir une réponse limpide pour s'assurer de me voir disparaître de son rayon au plus vite.

– Par un cadavre.

CHAPITRE 1

Suzanne applaudit joyeusement quand Odette, le geste sûr, montra la main décharnée qui émergeait de terre. Elle dépassait à peine parmi les feuilles de chêne blanchies par le givre, mais on distinguait cinq doigts squelettiques tendus vers le ciel. Suzanne adressa un sourire affectueux à son amie.

– Est-ce que je l'ai pas toujours dit, Odette, hein ? Est-ce que je l'ai pas toujours dit que si on organisait un concours de cueillette de champignons, notre Odette serait en haut du podium ? Ce ne sont pas des yeux que tu as, ce sont des radars. Est-ce que je l'ai pas toujours dit ?

Suzanne retira ses gants de laine, prit en photo leur trouvaille avec son téléphone puis attrapa le bras d'Odette qui n'avait pas fini de rougir du compliment et qui reconnaissait, en bafouillant, que c'était vrai que Suzanne l'avait toujours dit, comme si pour cette raison, c'était à elle que revenait le mérite.

Les deux femmes repartirent bras dessus bras dessous, pour se tenir chaud, sous les hauts chênes de la forêt de Bercé, toutes excitées que le cadavre se fût trouvé là où elles l'avaient cherché. Si Suzanne était plus grande et plus élancée qu'Odette à la silhouette plus ramassée, on les prenait parfois pour des sœurs à cause de leurs doudounes à fleurs identiques et leur vieillesse partagée. Elles marchèrent ainsi jusqu'à la voiture d'Odette garée trois cents mètres plus loin, en échangeant joyeusement sur la suite des événements, de la fumée sortant de leur bouche dans l'air glacial de décembre.

– C'est un coup de pub formidable pour le club de lecture, Odette.

– Tu crois ?

– Tous les journaux de la région vont parler de nous, il faudra citer le club chaque fois qu'on te pose une question, c'est bien compris ?

La vieille Citroën d'Odette était garée en lisière de forêt et les deux femmes se laissèrent tomber sur leurs sièges avec soulagement.

– C'est plus de notre âge, Suzanne. On devrait peut-être tout raconter à la police.

– On s'en tient au plan. On ne change pas une ligne, c'est bien compris ?

Le regard sévère de Suzanne incita Odette à détourner les yeux et à démarrer sa vieille Xantia. Elle changea de sujet, se réjouissant avec un enthousiasme exagéré de la future notoriété du club de lecture de Château-du-Loir. Suzanne retrouva immédiatement son sourire et plaqua ses mains sur la grille de ventilation qui crachait un air chaud aux odeurs de plastique.

– Tu sais quoi, Odette ? Ce soir, nous allons ouvrir la bouteille de vouvray millésimé.

– Celle du club ? Je croyais qu'on la gardait pour célébrer notre dixième inscription. Nous ne sommes encore que sept…

– On va bientôt être beaucoup plus, Odette. Fais-moi confiance.

Les deux femmes passèrent le reste du trajet perdues dans leurs pensées respectives, des rêves de gloire mêlés à l'angoisse excitante de la suite des événements. Suzanne remarqua le malaise d'Odette quand la voiture franchit l'entrée du parking de la gendarmerie. Elle craignait que son amie ne fasse tout échouer.

– Ne t'inquiète pas, Odette. Laisse-moi parler et tout ira bien.

– C'est pas ça, Suzanne. C'est que j'ai toujours la trouille qu'il y ait un truc qui n'aille pas avec ma voiture quand il y a des gendarmes qui me regardent.

– Ils vont avoir bien d'autres choses à penser, crois-moi.

Suzanne ouvrit joyeusement la grande porte vitrée de la gendarmerie, suivie de près par Odette qui osait à peine lever la tête.

– Bonjour Mesdames, que puis-je faire pour vous ?

Suzanne estima que le jeune homme en uniforme à l'accueil ne devait pas être bien plus âgé que son petit-fils. On ne pouvait pas parler de ces choses-là avec un gamin qui devait sauter encore sur un trampoline il n'y avait pas cinq Noël. Il avait un air d'autant plus poupon qu'il siégeait au milieu d'un fatras de guirlandes et de boules qu'on avait posé sans logique. Quelqu'un avait vraisemblablement sorti le carton de décorations de la cave et l'avait renversé au hasard, estimant que cela suffisait pour forger un esprit de Noël. Suzanne se retenait de mettre de l'ordre. Elles n'étaient pas venues pour décorer la gendarmerie.

– Pourrais-je m'adresser à votre chef, jeune homme ?

– Il est en patrouille, je peux lui transmettre un message ?

– Nous avons besoin de lui parler en personne, c'est de la plus haute importance.

L'adjudant Berthier n'insista pas et invita les deux étranges femmes aux manteaux identiques à s'assoir sur le banc en simili cuir craquelé. Odette trépignait, faisant glisser d'avant en arrière ses paumes moites sur sa jupe en laine. Suzanne finit par s'agacer qu'il n'y ait pas de magazines pour les faire patienter, comme chez son coiffeur. Il n'y avait rien d'autre que des affiches d'événements du coin et un nombre considérable de fascicules et posters vantant les avantages de s'engager dans l'armée.

L'adjudant Berthier, qui était un jeune homme bien élevé, leur proposa *Le Maine Libre*, un quotidien sarthois qu'il avait acheté le matin même. Odette le remercia chaleureusement et se plongea dans la lecture en tournant les pages d'un mouvement ample, de peur d'abîmer le journal qui n'était pas à elle. En tant que présidente du club de lecture de Château-du-Loir, elle avait établi comme règle numéro un de prendre soin de chaque livre qu'on se voyait prêter. « Un livre est un ami rancunier, froissez-le une fois, il s'en souviendra toujours. » Elle le répétait chaque fois que le club recevait un nouvel ouvrage et Suzanne avait proposé un jour, agacée et pleine d'ironie mauvaise, de la consacrer maxime du club, affichée en grosses lettres dans le local de l'association.

Odette avait aussitôt applaudi l'idée. Il lui avait fallu plusieurs mois pour réaliser un long bandeau brodé énonçant cette recommandation intraitable. Et la large frise de laine était désormais épinglée sur le mur au-dessus de la machine à café que personne n'utilisait jamais.

Suzanne jetait un œil à l'adjudant Berthier chaque fois qu'il décrochait le téléphone qui sonnait souvent depuis qu'elles étaient arrivées. Il était bien élevé, mais il perdait vite son sang-froid.

– Ne vous inquiétez pas, nous sommes au courant, vous êtes la septième personne à nous appeler depuis ce matin… Un âne et des boules, c'est exactement ce qu'on nous a signalé… Je vous assure que nous prenons cette affaire très au sérieux… Au revoir, Monsieur.

Un âne et des boules… Suzanne était tentée de demander des précisions au gendarme trop jeune. C'était un mystère qui paraissait idiot, mais elle ne pouvait s'empêcher d'être aimantée par toute forme de secret. Même idiot. Et puis, elle s'impatientait. Quel genre de chef abandonnait sa brigade au sort d'un tout juste pubère ? Elle était sur le point de réorganiser les décorations de Noël pour tuer le temps quand Odette poussa un cri qui la fit sursauter.

– Nom d'une pipe, Odette, qu'est-ce qui te prend ?

– Regarde, dans le journal !

Elle plaça fébrilement l'article sous les yeux de son amie tout en vérifiant que le gendarme derrière son bureau ne les observait pas. Mais l'adjudant était plongé dans le classement fastidieux d'une paperasse quelconque.

Suzanne parcourut l'article sans comprendre. Il était question du double meurtre qui avait eu lieu au Mans quelques jours plus tôt. Le journaliste insistait sur l'opacité de l'affaire, le casse-tête de la police, avec tout un vocabulaire similaire de journaliste en manque d'inspiration.

– Tu crois que c'est lié à notre bonhomme dans la forêt ?

– Ça se peut pas. Le nôtre, personne n'est parti à sa recherche. C'est toi, Odette, qui m'as dit de vérifier. Aucune disparition signalée ces deux dernières années, ou alors que des gens qu'on a retrouvés. Soit c'est un pauvre type qui a fait une mauvaise rencontre, soit il n'est pas d'ici.

Les deux femmes interrompirent leurs messes basses quand elles constatèrent que le gendarme avait laissé de côté sa paperasse et qu'il les observait. Suzanne offrit un sourire peu convaincant et l'adjudant retourna à son classement en haussant les épaules. Odette sortit un mouchoir en tissu de son sac pour éponger son cou.

Le chauffage était trop fort, elle étouffait dans son chandail en laine de mohair qu'elle avait tricoté elle-même. Il y avait plusieurs jours que la météo promettait neige et grands froids, la Sarthe était sur le qui-vive. Cela impliquait de la laine de la tête aux pieds ainsi que des thermostats exagérément hauts dans les établissements publics. Dans *Le Maine Libre*, on ne parlait que de cette vague glaciale qui tomberait tôt ou tard ainsi que du double meurtre de la ville du Mans. Rien de réjouissant à l'approche de Noël, murmurait Odette à son amie. Et ce n'était pas avec leur annonce qu'elles allaient améliorer l'ambiance.

Le lieutenant Marchand fit une entrée fracassante, escorté par trois de ses hommes, en tapant dans ses mains gantées pour les réchauffer. Il s'adressa à l'adjudant Berthier avec un sourire malicieux.

– Il ne fait pas semblant de geler chez vous, Berthier. Vous savez ce qu'on dit dans le Nord ? « Vivement qu'il drache qu'on ait moins froid. »

Il se colla au radiateur tandis que ses hommes s'esclaffaient. Les deux femmes se levèrent d'un seul mouvement. Ce beau garçon à la prestance impeccable ne pouvait être que le chef des lieux. Suzanne le trouva immédiatement à la hauteur et ne fut que confortée dans ses certitudes lorsqu'il les salua respectueusement.

En voulant se rendre dans son bureau, il fut stoppé dans son élan par le jeune adjudant qui lui expliqua avoir déjà reçu huit appels pour cette affaire d'âne et de boules. Suzanne observait la réaction du chef qui paraissait savoir de quoi il s'agissait. L'âne et les boules représentaient apparemment un mystère sérieux et une source de tracas. Il remercia l'adjudant et comme il s'apprêtait à rejoindre son bureau, le jeune gendarme le retint d'un signe de la main. Il chuchota à l'oreille de son chef que les deux vieilles dames assises dans l'entrée tenaient à lui parler tout particulièrement. Le lieutenant leva les yeux dans leur direction.

– On a trouvé un cadavre !

Suzanne lança un regard furieux à son amie. Elle avait jeté l'information comme une vulgaire anecdote de second plan. Odette n'avait décidément aucun sens du dramatique. Un comble quand on savait qu'elle était la présidente du club de lecture. Les cinq gendarmes présents dans la pièce se figèrent.

– Où ça ? demanda le lieutenant.

Odette ne répondit rien. Elle semblait maintenant ailleurs, comme en état de choc à cause de ce qu'elle venait elle-même de dévoiler. Suzanne reprit le flambeau.

– Dans la forêt de Bercé, du côté de Jupilles.

– Pourquoi ne pas l'avoir dit plus tôt à l'adjudant Berthier ?

– Un meurtre, c'est pas un vol de bicyclette. Ça nécessite l'expérience d'un chef.

– Comment savez-vous qu'il s'agit d'un meurtre ?

Suzanne avait parlé trop vite, emportée par l'exaltation de cette aventure minutieusement préparée qui prenait enfin forme. Elle chercha de l'aide du côté d'Odette qui semblait toujours en train de digérer la portée de ce qu'elle avait annoncé. Les cinq gendarmes attendaient une réponse en silence.

– On n'en sait trop rien, c'est vrai. Mais disons que ça ressemble pas au type qui est mort paisiblement dans son sommeil. Parce que personne n'aurait l'idée d'aller piquer un roupillon dans une forêt l'hiver.

– Vous auriez dû nous appeler depuis le lieu de la découverte.

– Pour geler sur place ? Merci bien.

Le lieutenant vint se placer en face des deux cheffes du club de lecture de Château-du-Loir, suivi par ses hommes, si bien qu'elles se sentirent désagréablement encerclées.

– Vous saurez retrouver l'endroit ?

– Aucun problème, répondit Suzanne en souriant, nous avons les coordonnées GPS.

***

Le lieutenant Marchand observa les alentours tandis que ses hommes finissaient d'établir un périmètre de sécurité autour de ce qui s'avéra être, effectivement, une scène de crime. Il était en effet probable que la victime ait été assistée dans son passage de vie à trépas étant donné l'arrière de son crâne défoncé.

La forêt de Bercé était très fréquentée toute l'année, y compris à l'approche de Noël, les promeneurs partant en quête de buissons de gui pour fabriquer des couronnes. En automne, on venait pour les champignons, en été et au printemps pour des balades au soleil… C'était étonnant que personne n'ait découvert le corps plus tôt. Il faudrait attendre les résultats de l'expertise médico-légale, mais le lieutenant Marchand estimait que le cadavre devait être là depuis au moins un an.

Il n'avait pas la moindre idée de l'identité du mort, il n'y avait aucune disparition inexpliquée dans la région sur ce laps de temps. Le type devait venir de plus loin. Il n'avait aucun papier sur lui, pas de bijoux, rien dans les poches… Seuls ses habits et les restes d'une barbe grisonnante fournie indiquaient qu'il s'agissait d'un homme plutôt âgé.

Un frisson traversa le corps du lieutenant. Il pesta à l'idée que ce froid glacial n'était qu'un aperçu de la vague bien pire que la région attendait. Comme elle lui manquait, la pluie de son Pas-de-Calais natal… Fine, légère, égale, pas comme ce ciel bleu hypocrite, à peine voilé de gris et promesse de gel fracassant. Il rentra la tête dans les épaules dans un réflexe universel qui n'avait jamais fait ses preuves et regarda en direction du quatre-quatre qu'ils avaient réussi à garer dans un sous-bois à une cinquantaine de mètres. Les deux femmes attendaient à l'intérieur que les gendarmes aient fini de ratisser la scène.

L'adjudant Berthier s'approcha de son chef, hésitant à le déranger dans ses réflexions, mais ce fut finalement le lieutenant Marchand qui parla le premier sans quitter des yeux la voiture.

– C'est bizarre, Berthier.

– Vous dites ça à cause des deux vieilles ?

– Des deux dames.

– Oui, pardon, chef. Les deux dames, elles nous cachent un truc, pas vrai ?

– C'est la première fois qu'on me donne les coordonnées GPS d'un cadavre. Et elles savaient déjà que c'était un meurtre… Oui, Berthier, elles ne nous disent pas tout.

– Je vous les amène ?

– Seulement la plus grande des deux : Suzanne.

Pendant que l'adjudant partait accomplir sa tâche en trottinant, le lieutenant Marchand suivit les traces de pas des deux femmes près de l'endroit où se trouvait le cadavre. Il parvenait à les pister en repérant les feuilles retournées qui n'étaient pas recouvertes de givre. Elles disparaissaient parfois, perdues dans des tas d'humus trop épais, avant de réapparaître plus loin au milieu de la terre gelée. Le lieutenant Marchand s'accroupit plusieurs fois au fil de ce chemin parcouru par les deux femmes, concentré sur son exploration. Ce n'est que lorsqu'il parvint à la route, là où elles disaient avoir garé leur voiture, que l'adjudant Berthier osa finalement l'interrompre.

– Chef, Suzanne Rouillard est là.

Le lieutenant sursauta en entendant la voix de l'adjudant derrière lui. Il se retint de sermonner son subordonné devant la vieille femme et afficha au contraire un sourire rassurant.

– Désolé de vous avoir sortie de la voiture, nous avons besoin de votre aide.

– Je vois pas trop ce que je peux faire pour vous.

– Commencez par me dire ce que vous faisiez dans cette forêt.

– Comme on vous l'a déjà raconté, c'était pour prendre l'air.

Le lieutenant ne réagit pas mais nota pour lui-même le terme employé : « raconter ». Comme s'il s'agissait d'une histoire et non d'un fait. Peut-être un simple tic de langage.

– Ce n'est pas vraiment un jour idéal pour une balade, avec cette température.

– Vous êtes pas rendu, vous, si vous trouvez qu'il fait déjà froid, avec la vague qu'ils promettent. Si j'avais peur de sortir quand il fait frisquet, j'habiterais Saint-Tropez plutôt que Château-du-Loir.

– Et pourquoi vous être arrêtées justement dans ce coin de forêt ?

– Je sais pas, on trouvait que c'était joli.

Les deux gendarmes regardèrent autour d'eux en quête d'un charme particulier. Certes, la forêt de Bercé était plutôt belle, elle avait même obtenu le label « Forêt d'exception », mais les environs de ce bord de route n'avaient rien de remarquable.

– Il y a autre chose qui me chiffonne, Madame Rouillard.

– Suzanne.

– Ce sont vos empruntes de pas, à toutes les deux.

– Qu'est-ce qu'elles ont de spécial ?

– Elles sont régulières. Comme si en sortant de la voiture, vous aviez marché droit vers le corps.

Suzanne regarda leurs traces de pas qui remontaient en direction de la scène de crime au milieu des feuilles givrées. Elles avaient sous-estimé le gendarme. Elles s'étaient pourtant renseignées sur lui avant d'échafauder leur plan. Un gars qui venait du Pas-de-Calais, ça sonnait plus gentil que fouille-merde. Elles ne s'étaient pas attendues à tomber sur un méticuleux. Il faudra se méfier, songea-t-elle. En attendant de trouver mieux, elle haussa les épaules en guise de justification.

– Berthier, emmenez madame Rouillard auprès du brigadier Goudeau sous la bâche, il a des thermos de café et de thé.

L'adjudant invita aussitôt Suzanne à le suivre tandis que le lieutenant Marchand se dirigeait vers le quatre-quatre dans lequel Odette était restée toute seule, assise sur la banquette arrière. Suzanne tenta vainement de décliner la proposition, déclarant qu'elle n'avait pas soif, mais elle savait d'avance que c'était inutile. Marchand avait trouvé ce prétexte pour parler seul à seul avec Odette.

Suzanne se mordit la lèvre inférieure. Ne craque pas mon Odette, se répétait-elle en boucle.

Le lieutenant toqua à la vitre et ouvrit la portière avant côté passager. Le véhicule était grand, mais le gendarme tenait à maintenir une distance. Il resta un moment sans prononcer un mot. La vieille femme pensa que c'était pour la mettre mal à l'aise. En réalité, le lieutenant Marchand avait oublié le nom de famille de son témoin et n'osait pas entamer la discussion en l'appelant par son prénom.

– Depuis combien de temps connaissez-vous madame Rouillard ?

– Suzanne ? Depuis toujours… Enfin, l'école primaire.

– Vous êtes donc très proches.

– Pas tant que ça. Après l'école, on s'est perdues de vue. Et plus tard, elle est partie vivre à La Flèche et moi je suis restée à Château-du-Loir avec Honoré. Honoré, c'est mon mari.

– Vous n'êtes pas amies ?

– Nous sommes dans le même club de lecture. Quand elle est revenue habiter à Château-du-Loir, pour la retraite, nous avons décidé de créer ce club ensemble.

Le lieutenant Marchand regarda par la fenêtre. Il devinait le visage inquiet de Suzanne qui les observait de loin, une tasse de thé à la main. Il fallait profiter de cette séparation temporaire. Elles avaient échafaudé un plan qu'elles auraient tout le loisir de parfaire ensemble sitôt qu'elles s'en retourneraient chez elles. Elles leur cachaient quelque chose, et il voulait découvrir ce que c'était.

– Vous n'êtes donc pas amantes.

– Avec Suzanne ?

Odette perdit de sa réserve et fixa le lieutenant Marchand avec des yeux exorbités.

– Comme vous aviez l'air particulièrement complices, je pensais que vous étiez un couple.

– C'est la meilleure, celle-là. En couple avec Suzanne…

– Qu'est-ce que vous nous cachez toutes les deux ? Vous ne nous dites pas tout à propos de ce cadavre, je me trompe ?

– Je ne vois pas de quoi vous parlez.

Le visage pivoine de la vieille femme confirma ses doutes. Il s'était rarement senti aussi démuni face à des témoins. Il ne les croyait pas responsables du crime. Le crâne violemment fracassé, l'ancienneté du meurtre, cela ne collait pas. Même s'il avait appris à se méfier des apparences, il était certain que l'origine de leur culpabilité était ailleurs. Qu'est-ce qu'il y avait derrière ce cadavre qu'elles ne voulaient pas qu'on découvre ?

Impossible de les placer en garde à vue, ils n'avaient rien d'autre contre elles que leur piètre aptitude au mensonge. On ne pouvait pas mettre deux vieilles dames en détention pour les inciter à parler. Dans une petite ville comme Château-du-Loir, la nouvelle se répandrait en quelques heures et la gendarmerie passerait pour Guantanamo.

D'autant qu'à part l'adjudant Berthier, personne dans son équipe n'était du coin. Il avait besoin du soutien de la population s'il voulait avoir une chance d'effectuer correctement son travail dans les environs. Un travail qui consistait habituellement à calmer les querelles de voisinage, à dissuader l'alcool au volant et à faire baisser les chiffres de la petite délinquance. Un vrai job de proximité. Il n'aurait jamais imaginé qu'un an à peine après sa prise de poste dans ce paisible coin de Sarthe, une enquête criminelle lui tomberait dessus.

Comme la PJ d'Angers s'en sortait déjà tout juste avec l'affaire du double meurtre du Mans, le procureur avait décidé de lui laisser l'enquête sur ce cadavre, pour l'instant. Un macchabée inconnu qui traînait dans le bois depuis plusieurs mois sans que ça n'inquiète personne, ce serait sans doute vite classé.

L'IRCGN leur enverrait quelqu'un le lendemain pour effectuer des prélèvements sur place et procéder dans les règles, on recouperait avec les profils de personnes disparues sur toute la France, une petite recherche ADN si besoin, et ils retourneraient bientôt tous à leur quotidien. Mais il y avait ces deux femmes qui se muraient derrière un silence coupable, et rien n'attise plus l'envie de savoir que l'acharnement à dissimuler.

Le lieutenant Marchand remercia poliment Odette et Suzanne pour leur collaboration et ordonna au brigadier Goudeau de les reconduire à la gendarmerie où la voiture d'Odette les attendait. Il demanda ensuite à Berthier d'organiser la surveillance de la scène de crime jusqu'au lendemain, en attendant que l'agent de l'IRCGN vienne étudier l'endroit.

– Berthier, mon téléphone est à plat, si vous avez besoin de me joindre, je suis aux « Friandises castéloriennes ».

– Chez Gédéon ? C'est une bonne idée, chef. Il connaît sûrement les deux vieilles.

– Les deux dames, Berthier.

– Les deux dames, pardon, chef.

Le lieutenant Marchand démarra le quatre-quatre et Berthier lui fit signe qu'il avait une dernière question à lui poser. Le gendarme baissa sa vitre.

– Qu'est-ce qu'on fait pour l'âne et les boules ?

– Maintenant qu'on a un meurtre sur les bras, ça passe en second plan.

– Je comprends, chef, mais ça défrise quand même la population… On devrait au moins envoyer quelqu'un ?

Le lieutenant Marchand soupira. La paisible ville de Château-du-Loir s'était réveillée en état de choc : l'immense sapin devant la mairie s'était vu vider d'une bonne partie des boules qui l'habillaient tandis que dans l'église toute proche, l'âne de l'immense crèche avait disparu, lui aussi. Un double vol qui ne pouvait être une coïncidence et qui menaçait l'esprit de Noël. L'adjudant Berthier avait raison, même s'ils avaient une enquête pour meurtre en cours, il fallait montrer que Noël comptait aussi pour la gendarmerie. Soigner leur image parfois écornée par les nécessités de l'autorité était primordial pour leur permettre d'effectuer correctement leur travail dans la région.

– Envoyez le brigadier Goudeau enquêter sur place dès qu'il aura terminé sa tournée de café.

Marchand démarra en trombe et fonça en direction de l'épicerie fine « Les Friandises castéloriennes ». L'extrême réserve et le flegme quasi britannique du chef de la gendarmerie de Château-du-Loir disparaissaient sitôt qu'il était au volant d'une voiture. D'ordinaire posé et droit, il devenait d'une mauvaise foi sans borne quand il s'agissait de trouver un prétexte pour rouler à pleine vitesse. Il traversa, sirènes hurlantes, le village de Jupilles, le plus proche de la scène du crime, et n'éteignit les gyrophares qu'à l'approche de Château-du-Loir. Il préférait miser sur une arrivée discrète pour que la découverte du cadavre ne s'ébruite pas trop vite dans la plus grande ville des environs. C'était plus confortable d'enquêter quand les habitants n'avaient pas eu le temps de se forger une opinion. Il hésita même à changer de véhicule avant de se rendre chez Gédéon. Il consulta sa montre, la boutique allait bientôt fermer, tant pis pour la discrétion.

***

Gédéon accueillit Marchand avec un sourire sincère. Il appréciait son ami gendarme qui venait boire un verre avec lui de temps en temps, ce jeune lieutenant un peu taciturne qui ne parlait pas beaucoup, mais toujours bien. Ils s'étaient rencontrés peu de temps après la prise de poste de Marchand. Le nouveau chef de la gendarmerie s'était présenté dans sa boutique à l'issue de sa toute première enquête officieuse : on lui avait dit que c'était là qu'il trouverait de la bière qui valait la peine d'être bue.

La bière avait bonne place parmi les nombreuses nostalgies du gendarme à l'évocation de son Pas-de-Calais natal. Partout où il allait, il commençait par se renseigner sur l'endroit où il pourrait s'abreuver à la hauteur de ses attentes, avec des bières qui méritent d'être appelées ainsi. Il avait trouvé son bonheur chez Gédéon qui avait de bonnes relations avec des brasseurs locaux et ils avaient pris l'habitude de se retrouver quelquefois pour partager une pépite découverte par l'épicier.

– Laisse-moi fermer et je nous sers une petite merveille que je viens de recevoir. Une bière de Noël brassée à Jupilles, près de la forêt de Bercé.

– C'est parfait, merci Gédéon, c'est justement cette forêt qui m'amène. Le temps que tu fermes, je ne serai plus en service et je boirai ta bière avec plaisir. Prends ton temps.

Le lieutenant en profita pour admirer les nombreux pères Noël que Gédéon avait dissimulés parmi les étagères de denrées fines et de bonnes bouteilles. Il avait également disposé dans la vitrine un tas de fausse neige qui recouvrait des produits alléchants, invitant ainsi les passants à saliver devant ces mets incontournables pour un réveillon dans les règles régionales. Il avait retrouvé à Château-du-Loir cette effervescence joyeuse qui précède Noël, comme il l'aimait du côté de Saint-Omer. De Château-du-Loir à Chenu en passant par Vouvray, Luceau, Vaas ou Montabon, les gens du coin prenaient les préparatifs au sérieux et les habitations étaient partout richement décorées pour l'occasion. Dans certains de ces villages, on aurait pu couper les lampadaires la nuit tant les guirlandes électriques en grand nombre diffusaient leurs éclairages multicolores avec une intensité impressionnante.

Le lieutenant n'était pas grand amateur de la fête de Noël en elle-même, mais il était sensible au charme des jours qui la précèdent, lorsque les populations s'unissaient dans une bonne humeur communicative et un esprit de solidarité renforcé.

Gédéon observait son ami perdu dans la contemplation des décorations de son magasin. Noël était une bénédiction pour ceux qui comme lui avaient des enfants et petits-enfants qui venaient lui rendre visite pour l'occasion. Mais pour les solitaires comme le lieutenant, ce pouvait être cruel.

Une fois le grillage baissé, les deux hommes savourèrent la première gorgée de la trouvaille de Gédéon dans un silence de dégustation. C'était la première lampée qui comptait vraiment. On ne cherchait dans les suivantes que le bonheur de la gorgée initiale.

– Tu voulais me parler de la forêt de Bercé ?

– Oui, et de deux habitantes de Château-du-Loir : Suzanne Rouillard et Odette Flanquet.

***

Odette et Suzanne parvinrent finalement à ouvrir la bouteille de vouvray millésimé au prix de nombreux efforts, l'une tenant la bouteille tandis que l'autre tirait sur le bouchon. Un bon tiers du contenu s'échappa quand le morceau de liège céda enfin, mais il en restait bien assez pour les deux femmes.

– Au club de lecture !

Elles levèrent leurs verres et sirotèrent le délicieux vin pétillant en silence, au milieu du minuscule local prêté par la Mairie. Il consistait en une seule pièce au milieu de laquelle une table entourée de chaises envahissait presque tout l'espace. La seule touche de charme venait de la cheminée qui avait miraculeusement survécu à la modernisation du bâtiment. Des flammes crépitaient sous une collection de chaussettes de Noël tricotées par Odette. Sur les murs étaient scotchées quelques publicités pour des livres, mais c'était surtout la maxime d'Odette, brodée et encadrée, qui attirait le regard. « Un livre est un ami rancunier, froissez-le une fois, il s'en souviendra toujours. » C'était là que les sept membres du club de lecture se réunissaient chaque mercredi matin pour débattre des livres lus dans la semaine et pour décider des prochains achats d'ouvrages.

Une bouilloire et des tasses rangées sous l'évier permettaient de siroter un thé pendant leurs discussions animées. Et quand les beaux jours reviendraient, elles se réuniraient au soleil dans le petit square attenant à l'office du tourisme, à une centaine de mètres de là.

– C'est vrai que le chef, c'est pas le glandu, hein Odette ? Y a qu'à voir comment il se tient bien droit, le costume impeccable. Il est beau, le gendarme, tu remarqueras, mais tatillon comme c'est pas permis.

– C'est vrai qu'il est beau, il me rappelle Honoré dans sa jeunesse.

– Ton Honoré ? Faut être amoureuse pour en sortir une comme ça, ma pauvre Odette. Moi je sais ce qui est, je suis pas aveugle. Mon Francis, c'est pas le lieutenant Marchand.

Odette poussa un cri en pointant un doigt vers la fenêtre. Suzanne sursauta et du vouvray millésimé fut à nouveau perdu.

– Regarde, Suzanne, il neige !

***

Le lieutenant Marchand s'était levé pour contempler, à travers la vitrine, les flocons qui avaient commencé à tomber tandis que Gédéon s'appliquait à étaler une bonne épaisseur de rillette sur de petits morceaux de pain. Il proposa un de ces canapés improvisés au lieutenant au moment où celui-ci terminait de lui raconter les événements de la journée.

– Tu dis qu'elles t'ont donné les coordonnées GPS ?

– Elles nous ont menés droit au cadavre.

– Remarque, aujourd'hui, avec un téléphone, c'est pas si compliqué. Même à soixante-quinze ans. Montre-moi où c'est, sur la carte.

Le lieutenant Marchand attrapa son téléphone qu'il avait mis à charger à ses pieds et indiqua à Gédéon l'emplacement exact du corps. Ce dernier zooma l'image sur le plan puis promena ses doigts sur l'écran. Le lieutenant Marchand l'observait en sirotant sa bière de Noël. Gédéon avait flairé quelque chose. Il avait eu raison de venir.

***

Le vouvray millésimé faisait tourner la tête d'Odette. Elle écoutait Suzanne d'une oreille distraite, laissant son esprit divaguer dans les vapeurs d'alcool. La neige tombait maintenant sans discontinuer et ces flocons virevoltant derrière la vitre avaient un effet hypnotique.

– L'important, c'est que jusqu'ici, le plan fonctionne.

Ce qu'Odette admirait le plus chez Suzanne, c'était sa capacité à ne jamais s'en faire. C'était une fonceuse, sûre d'elle en toute circonstance. C'était sans doute autant une force qu'une forme de bêtise, mais Odette aurait volontiers vécu avec les mêmes certitudes rassurantes. Elle trouvait sa vie trop compliquée, même dans les choix les plus anodins. Par exemple, à cet instant précis où elle aurait pu se contenter de savourer les bulles relaxantes du vouvray les pieds réchauffés par le feu de cheminée, elle se demandait si elle devait ou non appeler Honoré pour l'avertir qu'elle rentrerait tard.

– Odette ? Odette ?

Elle leva des yeux brumeux vers son amie.

– Ma parole, Odette, tu es saoule !

Suzanne ouvrit le placard sous l'évier en râlant. Comment pouvait-on aussi mal tenir l'alcool ? Une Sarthoise en plus, née à Château-du-Loir, une vraie Castélorienne… Il fallait qu'il lui manque des gènes, ou alors elle avait le foie pas terminé. Suzanne sortit un paquet de chips entamé du placard et le jeta devant Odette.

– Tiens, mange un peu. Et je vais te faire du thé puisque tu tiens pas l'alcool.

– Surtout pas, je ne vais pas dormir cette nuit si je bois du thé maintenant.

– Oui, mais tu vas t'endormir maintenant si t'en bois pas. Et nous n'avons pas encore terminé…

La sonnette mal réglée résonna dans tout le local. Suzanne jura que le club s'offrirait un endroit plus digne quand toute cette affaire serait terminée. Sans compter qu'elle avait honte de faire entrer leur hôte dans un réduit aussi misérable où seule la cheminée offrait une aura vaguement littéraire. Elle afficha son sourire le plus marketing et ouvrit la porte avec énergie au visiteur qu'elles attendaient.

– On a une bonne nouvelle : le cadavre était bien là.

***

Gédéon continuait de se promener dans la forêt de Bercé via l'écran du téléphone tandis que le lieutenant Marchand observait les flocons de plus en plus lourds voltiger derrière la vitre. La neige avait définitivement chassé toute vie dans les rues de Château-du-Loir. Il songea avec compassion à Berthier et aux autres, restés dans la forêt pour protéger la scène de crime. Il aurait pu leur dire de rentrer chez eux. Après tout, le corps était passé inaperçu pendant plusieurs mois, on pouvait bien risquer une nuit de plus. Mais s'il arrivait un imprévu quelconque, il ne se le pardonnerait pas. Il donnerait un jour de repos à toutes ses équipes à la fin de l'affaire. Il était persuadé que le dénouement était proche.

– Je sais pas si ça peut t'aider…

Marchand se retourna vivement, impatient de savoir ce que son ami avait trouvé.

– La propriété la plus proche de votre scène de crime, c'est La Bouillonière.

– Pourquoi ça me dit quelque chose…

– C'est un petit château en lisière de forêt. Et c'est là qu'habite René d'Ambricourt.

– L'écrivain. Je me souviens, maintenant. Mon prédécesseur m'en avait parlé quand j'ai pris mon poste ici. Il me l'a présenté comme la célébrité locale.

– J'ai lu tout ce qu'il a écrit. Et pas seulement parce que c'est un bon client. Et il est peintre, aussi, à ses heures.

Le lieutenant termina sa bière d'un trait.

– Il écrit des polars, c'est ça ?

– De haute volée, oui. Il est régulièrement en tête des ventes, même à l'étranger.

– Deux membres d'un club de lecture découvrent un cadavre non loin de la maison d'un écrivain à succès…

Gédéon engloutit une petite tartine de rillette et déclara, ravi :

– On tient quelque chose, non ?

– Odette et Suzanne, tu les connais ?

– Pas vraiment. Elles ne viennent pas souvent au magasin, je suis trop cher. Des couples à l'ancienne, qui vivent sur la seule retraite des hommes. Je crois qu'Odette et son mari n'ont jamais eu d'enfant. Suzanne en a plusieurs et même des petits-enfants, mais il n'y en a qu'un seul encore dans la région. J'ai oublié son nom.

– Et le club de lecture ?

Gédéon se rendit jusqu'à sa caisse enregistreuse et en revint avec une petite pile de papiers qui trônait à côté.

– Les clients me laissent des publicités de leurs activités que j'installe près de la caisse pour que tout le monde se serve. Voilà celle du club de lecture, j'en sais pas plus.

Le lieutenant Marchand parcourut le papier imprimé en noir et blanc qui vantait les joyeux avantages de s'inscrire au club de lecture de Château-du-Loir.

– Et René d'Ambricourt, c'est quel genre ?

– Ça fait longtemps que je ne l'ai pas vu.

– Je croyais que c'était un bon client ?

– Il me commande plein d'articles, grands crus de café, terrines, charcuterie, gâteaux, vin, bière… Un peu de tout chaque mois. Il paye d'avance par virement et je livre chez lui. Au début, il m'accueillait, il me montrait ses tableaux. À mon avis, il est meilleur écrivain que peintre. Mais maintenant, il laisse la porte ouverte et attend que je dépose sa commande dans l'entrée. Il reste dans son bureau installé au rez-de-chaussée, volets fermés, dans l'obscurité.

Gédéon avait aiguisé la curiosité du gendarme. Il irait rendre visite à l'écrivain à la première heure le lendemain.

Le vieil épicier ouvrit deux nouvelles bières de Noël et ils changèrent de sujet, discutèrent des problèmes économiques de la région, de la retraite que Gédéon attendait sans impatience. Il évoqua joyeusement ses enfants et petits-enfants qui allaient débarquer pour Noël et en profita pour inviter le lieutenant Marchand à venir déjeuner avec eux le vingt-cinq décembre. Mais le gendarme déclina poliment l'invitation. Vers vingt-deux heures, il remercia son ami pour l'accueil et rentra chez lui.

Il habitait une petite maison proche de la gendarmerie et qui servait à accueillir les chefs de la brigade en poste. Elle était beaucoup trop grande pour lui, mais on estimait dans l'administration qu'à ce niveau de responsabilité, on devait probablement être marié avec enfants. Le lieutenant s'effondra de fatigue dans son lit et s'endormit d'un sommeil inquiet, une pointe d'angoisse désagréable lui serrant la poitrine. Son instinct cherchait à l'avertir des journées désagréables en perspective. Mais il y avait bien longtemps que plus aucun homme ne prenait son instinct au sérieux.

***

Au petit matin, l'adjudant Berthier fut relevé de sa surveillance du cadavre dans la forêt de Bercé. Il déblaya la fine couche de neige sur son pare-brise et entra dans sa voiture en grelottant. Les flocons avaient cessé de tomber après avoir laissé derrière eux un épais manteau neigeux d'une dizaine de centimètres. Une bonne douche brûlante et il se remettrait de sa nuit polaire. Un frisson le traversa au moment où il démarrait le moteur. Ce n'était pas tant l'humidité imprégnée dans tout son corps que la nuit passée dans cette forêt inquiétante. Il n'avait pas vu beaucoup de scènes de crime dans sa jeune carrière, mais il était certain d'une chose : il préférait les meurtres citadins. L'association crime, pluie et forêt était idéale pour vous flanquer une bonne frousse.

En traversant Jupilles au volant de son quatre-quatre, il remarqua le livreur de journaux qui apportait sa cargaison matinale au propriétaire du petit relais du village en train de saler devant l'entrée de son magasin. L'adjudant arrêta la voiture au niveau des deux hommes et baissa sa vitre.

– Je peux vous prendre *Le Maine Libre* ?

Les deux hommes, qui se demandaient ce qu'ils avaient fait de mal pour être pris à partie par un gendarme surgi de nulle part, furent tellement soulagés qu'ils offrirent à Berthier de partir avec son exemplaire sans payer. Le lieutenant Marchand lui avait appris à ne jamais accepter aucun cadeau, même le plus anodin, et il insista pour acheter son journal.

Il les remercia avec déférence et redémarra, un pincement au ventre. Il n'aimait pas cette peur du gendarme que ressentaient la plupart des gens. Il s'était engagé pour servir ses concitoyens, pas pour les effrayer.

En arrivant au niveau de Beaumont-Pied-de-Bœuf, une petite commune à mi-chemin entre Jupilles et Château-du-Loir, il reconnut au loin une voiture de la gendarmerie roulant dans sa direction à pleine vitesse malgré la chaussée enneigée. Les deux véhiculent ralentirent et s'arrêtèrent au moment où ils se croisaient. L'adjudant Berthier sourit au lieutenant Marchand, amusé par son incapacité à respecter les limitations de vitesse.

– Vous êtes matinal, chef.

– J'ai pas très bien dormi. Rien à signaler cette nuit ?

– Non, à part qu'il a neigé, mais je pense que vous l'aviez remarqué.

– Reposez-vous, Berthier. Je vais rendre visite à René d'Ambricourt.

– L'écrivain ?

– Il habite pas très loin de la scène de crime, il a peut-être vu quelque chose.

Les deux hommes se saluèrent et les voitures reprirent leur route. Le lieutenant Marchand jeta un œil au tableau de bord. Il était près de huit heures. Il tenta de se convaincre que c'était un horaire correct pour rendre visite un jour de semaine.

Lorsqu'il parvint finalement à La Bouillonière, où résidait René d'Ambricourt, le lieutenant découvrit une forteresse solidement protégée derrière un épais mur surmonté de barbelés. Le portail moderne fermé électroniquement était quant à lui entouré de deux caméras de surveillance. L'homme prenait sa sécurité au sérieux. Le gendarme descendit de son quatre-quatre et fit grincer ses bottes dans la neige fraîche jusqu'au vidéophone. Personne ne répondait et il appuya sur le bouton plusieurs fois dans l'espoir de déclencher une réaction.

Comme son insistance n'aboutissait à rien, il envoya un message à Gédéon pour lui demander le numéro de téléphone qu'il utilisait pour les livraisons. En attendant la réponse, il grimpa sur le toit de son quatre-quatre afin d'avoir une vue d'ensemble de la propriété. C'était un beau château cerclé de majestueux chênes centenaires enneigés. Il devait y faire très sombre, songea le gendarme. Sans les hauts murs surmontés de barbelés qui délimitaient le terrain de l'écrivain, la maison aurait eu l'air de se fondre dans la forêt de Bercé.

Le téléphone du lieutenant vibra dans sa poche. Gédéon venait de lui répondre. Il appela immédiatement le numéro envoyé par son ami sans prendre le temps de le remercier. Il attendit une dizaine de tonalités, en vain, et ce fut seulement quand il s'apprêtait à raccrocher qu'il entendit le cliquetis du combiné qu'on décroche.

– Allô ?

Le lieutenant Marchand n'obtint aucune réponse.

– Monsieur d'Ambricourt ? Je suis le lieutenant de gendarmerie Amaury Marchand, j'aurais besoin de vous parler. Vous pouvez me laisser entrer, s'il vous plaît ?

En guise de réponse, le lieutenant n'obtint rien d'autre qu'une lente respiration sifflante. Le sifflement était si appuyé qu'il crut un instant que c'était un défaut sur la ligne. L'écrivain devait être un asthmatique sérieux.

– Vous m'entendez ? Est-ce que…

***

René d'Ambricourt raccrocha lentement au nez du gendarme. Il tendit le bras depuis son fauteuil et posa le téléphone sur son socle de rechargement du bout des doigts en se penchant en avant au prix d'un effort éreintant. Il se laissa ensuite tomber en arrière dans son fauteuil, la respiration haletante après s'être donné tant de mal. Il était contrarié. Le gendarme avait téléphoné trop tôt, ce n'était pas son tour. Il attendait un appel plus important d'abord, jamais il n'aurait décroché s'il avait su.

Il remua son corps énorme dans le fauteuil trop étroit et grogna. La lumière filtrait à peine par les fentes des volets fermés dont certaines étaient obstruées par la neige et seul le voyant rouge du téléphone en train de charger éclairait le bureau encombré de papiers. Des livres étaient entreposés partout dans la pièce, la bibliothèque ne suffisant plus à les contenir. Des piles propres et droites qu'il ne déplaçait jamais.

René d'Ambricourt ouvrit la petite trappe dans le bras du fauteuil et en sortit un paquet de cacahuètes. Il le posa sur son ventre qui tombait jusque sur ses genoux et éventra l'emballage. Des dizaines de cacahuètes grasses dévalèrent sa poitrine, certaines se nichant entre ses cuisses et les bords du fauteuil. Il saisit une grosse poignée et la porta à sa bouche, mâchant avec frénésie une effrayante quantité de ces graines trempées d'huile. Il suça ensuite bruyamment ses doigts un à un pour en ôter tout le sel brillant.

Le sachet presque vide, il renversa le reste directement dans sa bouche. Il broya péniblement la trop grosse quantité qui gonflait ses joues et avala plusieurs dizaines de cacahuètes entières. Son gavage terminé, il jeta l'emballage vide à ses pieds et essuya ses mains sur son pantalon de velours maculé de taches. Il éructa à plusieurs reprises avec difficulté puis il ferma les yeux pour un repos bien mérité. La sonnerie retentissante du vidéophone et la voix du gendarme au téléphone l'avaient agité et il n'avait pas eu d'autre choix que de recourir aux cacahuètes pour se calmer. Il devait maintenant se détendre et attendre l'appel important en espérant qu'aucune nouvelle contrariété ne viendrait encore l'affoler.

Le sifflement aigu et régulier de sa respiration le rassura bientôt. Il agissait sur lui comme une berceuse apaisante et son corps flasque se détendit. Le fauteuil grinça et les cacahuètes disparurent dans les plis de ses habits poussés par sa masse graisseuse. Qu'on le laisse en paix une heure ou deux et il serait d'attaque. Il n'avait pas d'autre choix puisque sa réserve de cacahuètes dans le bras du fauteuil était vide et qu'il n'avait plus de bière à portée de main. Il entama sa préparation mentale : dans deux heures tout au plus, il se lèverait.

La sonnerie retentit plus tôt qu'il ne l'aurait pensé. René d'Ambricourt tendit le bras de façon à faire chuter le téléphone de son socle et le récupérer plus facilement. Il décrocha sans prononcer un mot, ne laissant entendre rien d'autre que son inquiétante respiration.

– Monsieur René d'Ambricourt ? Serge Merrard, journaliste au *Monde*, je peux vous poser quelques questions ?

Il essuya son front transpirant d'un revers de manche et son visage se déforma : il était en train de sourire.

– Monsieur d'Ambricourt, vous m'entendez ?
– Je voudrais faire une déclaration.

***

Le lieutenant Marchand démarra en trombe, agacé par le refus de l'écrivain de lui parler. Célébrité ou pas, il serait bien obligé de répondre à ses questions. Il demanderait de l'aide au procureur si cela s'avérait nécessaire. En attendant, il allait se renseigner davantage sur cet auteur millionnaire qui vivait reclus dans une forêt sarthoise.

Son téléphone vibra sur le siège passager et le lieutenant jeta un regard pour tenter d'identifier qui l'appelait. Comme il ne parvenait pas à déchiffrer le nom qui s'affichait sur l'écran, il tendit la main et quitta la route des yeux l'espace d'une seconde. Un coup de klaxon appuyé le ramena juste à temps à la réalité routière et il évita de peu la voiture qui arrivait en face. Les roues mordirent largement l'herbe enneigée du bas-côté, mais le quatre-quatre puissant resta bien accroché au sol et évita la sortie de route.

Il se gara quelques mètres plus loin pour se remettre de ses émotions et jura contre les départementales sarthoises trop étroites. Une seconde voiture déboula en face de lui et ralentit exagérément en passant à son niveau, le conducteur ayant cru que le véhicule de gendarmerie était là pour contrôler la vitesse. Le lieutenant se retourna pour essayer d'apercevoir le visage de l'homme derrière le volant quand une autre voiture surgit, toujours dans la même direction. Elle diminua son allure dans un même réflexe et le gendarme fronça les sourcils. Il y avait beaucoup de circulation dans ce coin de campagne d'habitude désert. Et ils semblaient tous pressés malgré la neige qui n'avait pas encore fondu partout.

Son téléphone, qui avait valsé sous le siège passager après son coup de volant, sonna à nouveau et il plongea la main pour le récupérer.

– Marchand, j'écoute ?

– Chef, il vaudrait mieux que vous veniez à la gendarmerie au plus vite.

– Qu'est-ce qui se passe, Berthier ? Vous n'êtes pas rentré chez vous ?

– Je me suis arrêté à Jupilles pour acheter le journal d'aujourd'hui… Ça va pas vous plaire.

Le lieutenant démarra le quatre-quatre, gyrophare allumé, et jeta le téléphone sur le siège passager. Sa nuit avait été agitée et sa journée n'avait pas l'intention de le ménager davantage.

INTERLUDE

Le libraire du Leclerc de Château-du-Loir, rêveur, avait oublié, l'espace d'un instant, son obsession de fermeture à l'heure tapante. Il était resté un long moment à caresser la couverture d'un roman d'espionnage en me dévisageant, l'esprit consacré à identifier ma place dans ce fait divers que j'avais commencé à lui narrer par surprise. Il connaissait évidemment toute cette histoire, du moins ce qu'il en avait lu dans la presse, comme tout le monde dans la région, mais pas avec autant de détails.

Il savait de quel article il était question, il se souvenait évidemment de la façon dont Le Maine Libre *avait chamboulé la gendarmerie et tout le pays deux jours plus tôt. J'avais alors songé que cette publication fracassante aurait peut-être été un meilleur point de départ à cette histoire, mais c'était trop tard.*

– Pourquoi vous me racontez tout ça ?

– Vous l'avez, le bouquin de René d'Ambricourt ?

– Bien sûr, c'est le best-seller du moment.

Il l'avait attrapé quelques mètres plus loin sur un présentoir avec des guirlandes de Noël pailletées, l'écrin royal réservé à l'espace des best-sellers, et il m'avait montré le petit livret cartonné offert en accompagnement.

– À cause de l'affaire, l'éditeur a rajouté les astuces. On les a reçus ce matin. En attendant la réédition.

J'avais feuilleté le livre machinalement, l'esprit ailleurs. Je ne parvenais plus à me souvenir de la formulation exacte qu'avait employée la journaliste du Maine Libre... *C'était une phrase choc qui n'était pas passée inaperçue.*

– Vous vous souvenez comment il commençait, l'article ?

– Dans Le Maine Libre *? C'était un truc rigolo, attendez...*

– Rigolo, oui, c'est ça.

– Je me souviens du passage sur Pierrot le Fou. Comme quoi il était né à Château-du-Loir.

C'était effectivement une information tapageuse que tous les journalistes s'étaient empressés de relayer au moment de la sortie de l'affaire. Cette ville qui avait tout fait pour qu'on oublie ce détail désagréable de son histoire était devenue en l'espace de deux jours « la ville natale de Pierrot le Fou ». Une périphrase pratique et à propos pour éviter la répétition de « Château-du-Loir » à tout bout de champ.

Le libraire avait reposé le livre de René d'Ambricourt sur la table après avoir fait défiler les pages à toute vitesse du bout du pouce. Un geste que j'effectuais moi-même parfois avec de vieux livres parce qu'il permettait de dégager tous les arômes dont sont chargées les feuilles jaunies par le temps.

– Même maintenant qu'ils ont ajouté le livret cartonné avec les détails de l'énigme, je n'ai toujours pas compris le principe. Tout ce truc avec les coordonnées GPS...

– C'était pourtant très simple.

CHAPITRE 2

Marchand prit la mesure de l'épreuve qui l'attendait lorsque la gendarmerie apparut dans son champ de vision. Le petit parking était envahi de voitures et camionnettes dont certaines arboraient en grandes lettres des noms de journaux ou de chaînes de télévision nationaux. Il détestait être informé des événements après les journalistes. Non seulement cela compliquait l'investigation, mais cette place de second faisait passer les gendarmes pour des enquêteurs toujours en retard.

Il pénétra dans le parking à pleine vitesse comme à son habitude et entendit des journalistes le traiter de cinglé. Il sortit de son quatre-quatre et fonça tête baissée dans le bâtiment pour éviter de croiser des regards. Les questions fusaient dans le vide et certains s'indignèrent de l'absence de coopération des forces de l'ordre.

L'adjudant Berthier l'attendait derrière la porte et le conduisit immédiatement dans la petite salle de réunion où patientait également l'adjudant

Eva Duong. Seul le brigadier Goudeau était resté à l'accueil pour garder un œil sur la masse grouillante de journalistes assoiffés de révélations. Malgré la tournure particulière de cette journée, la gendarmerie devait poursuivre ses missions habituelles de service à la population. Le brigadier Goudeau était prêt à tenir ce cap pendant la tempête.

– Expliquez-moi ce merdier, Berthier.

On n'avait pas l'habitude d'entendre le chef utiliser ce vocabulaire et l'adjudant bafouilla des tentatives d'explications. Avant que le lieutenant ne s'impatiente, il se résolut à jeter le journal sous ses yeux. L'article faisait la une et résumait parfaitement la situation dès son titre, humoristique.

« L'ASSASSIN HABITE PAGE 21 ?
Château-du-Loir : le corps d'un homme assassiné retrouvé grâce à un livre »

Le lieutenant Marchand eut d'abord envie de rire. Pas de la plaisanterie journalistique, mais du ridicule de ce qu'elle impliquait. Il tourna la page et entama la lecture de l'article, presque rassuré, mais sa mine s'assombrit. Il finit par s'assoir, les jambes flageolantes de rage. Parvenu à la fin du texte, il lut le nom de la journaliste à voix haute.

– Héloïse Bergaux… Convoquez-la immédiatement. Je veux lui parler. Et amenez-moi Suzanne Rouillard et Odette Flanquet.

– Elles sont déjà là, chef.

Le lieutenant Marchand regarda Berthier, incrédule.

– Elles sont venues d'elles-mêmes, tôt ce matin. Elles préféraient anticiper, c'est ce qu'elles ont expliqué.

Le lieutenant réfléchit aux différentes options pour reprendre le contrôle. Il ne devait pas se précipiter dans la cellule des deux vieilles femmes. Elles semblaient avoir toujours un coup d'avance et conserveraient cet avantage aussi longtemps qu'il se rendrait là où elles l'attendaient. Il fallait anticiper la prochaine étape.

– Clara Buisson…

Berthier sursauta à l'évocation de ce nom et sa collègue ne put s'empêcher de sourire. Eva Duong et Clara Buisson étaient les seules femmes de la brigade et tous savaient que Clara entretenait une relation, en principe secrète, avec l'adjudant Berthier. Le règlement n'encourageant pas ce genre de rapprochement au sein d'une même escouade, ils tentaient de se faire le plus discrets possible. Personne ne savait si le lieutenant Marchand l'ignorait ou s'il faisait semblant, mais on les laissait tranquilles.

– Elle était en congé hier. Elle ne doit pas venir à la gendarmerie, je ne veux pas que nos deux témoins la voient. Qu'elle s'habille en civile et se tienne prête, elle va surveiller Suzanne Rouillard. Il me faut quelqu'un pour filer Odette Flanquet également. Qui d'autre était en congé hier ?

– Le major Maurice Spandoni, chef ?

Marchand soupira trop fort et le regretta aussitôt. Ses équipes n'avaient pas besoin de connaître son peu d'estime pour Spandoni. Il le soupçonnait d'un des pires maux à ses yeux : la paresse. Le major avait la réputation de trouver les combines les plus alambiquées pour en faire le minimum, au point d'être passé maître dans cet art du moindre effort. Au moins, songea Marchand, suivre une vieille dame faisait sans doute partie des tâches dont il s'acquitterait sans rechigner.

– Duong, informez Buisson et Spandoni qu'ils partent en filature dès cet après-midi. Berthier, vous venez avec moi.

Le lieutenant quitta aussitôt la salle de réunion avec l'adjudant pour rejoindre les deux femmes tandis qu'Eva Duong attrapait son téléphone.

– Je veux que vous m'expliquiez avec vos mots, sans le sensationnalisme de la journaliste.

Marchand avait jeté le journal sur le sol de la petite cellule. Les deux vieilles dames assises sur le banc levèrent des yeux étonnés. Deux visages qui partageaient la même surprise au-dessus de deux bustes qui partageaient le même manteau fleuri. Le beau gendarme bien élevé les prenait à partie sans un semblant de salutation et les sommait de s'exprimer avec le ton de l'exigence.

– Nous avons le droit de vous arrêter pour dissimulation de preuve et vous faire passer la journée et la nuit ici.

– Quelle dissimulation ? Le roman était dans toutes les librairies.

Odette avait l'air sincèrement surprise. Marchand ne savait pas comment procéder pour obtenir des réponses rapidement.

– Pourquoi nous avoir caché que vous saviez que le corps serait là avant même de l'avoir trouvé ?

Suzanne prit le relais des explications, comme elles l'avaient certainement préparé, songea le lieutenant.

– Au début, on voulait rien vous dire du tout, on avait prévu de ne parler qu'à Héloïse, la journaliste. Mais c'est elle qui nous a demandé de vous avertir qu'il y avait un corps dans la forêt. Il fallait un cadavre officiel pour illustrer son article.

Marchand se retint de dire ce qu'il en pensait, conscient que les deux vieilles dames seraient du genre à se murer dans le silence s'il les effrayait.

– Et puis hier au soir, une fois certaine qu'il y avait bien un corps là où on l'avait dit, elle est venue nous voir pour fignoler son article.

– Quand est-ce que vous l'avez contactée pour la première fois ?

– Juste après la découverte.

– La découverte du corps ?

– Non, je viens de vous le dire, le corps on l'a découvert qu'hier. Je parle de la découverte des coordonnées GPS.

Le lieutenant attrapa une chaise dans le couloir et s'installa devant les deux femmes.

– Vous avez contacté la journaliste avant même d'avoir vérifié que le corps était là ?

– On n'avait pas prévu d'y aller au début. Ça nous flanquait la frousse. Mais Héloïse nous a dit que pour la pub, c'était mieux si c'était nous.

– Quelle pub ?

– La pub pour le club de lecture.

Berthier et Marchand échangèrent un regard.

– Vous avez tout balancé à la presse pour faire de la pub à votre club de lecture ?

– Oui.

Décidément, le beau chef de gendarmerie baissait dans leur estime. Elles l'avaient cru courtois et intelligent, voilà qu'il les interrogeait derrière des barreaux comme de vulgaires délinquantes et qu'il ne comprenait pas la puissance de la communication dans l'expansion d'une entreprise.

– Parlez-moi de ces coordonnées GPS.

Le visage de Suzanne s'éclaira. C'était son sujet favori. Elle l'avait maintes fois répété devant son miroir ou avec Odette, pour assurer au cours des interviews futures.

– René d'Ambricourt a glissé les indices dans son roman. Ça n'a pas été simple, mais on a réussi à tout déchiffrer avec Odette.

– Dans l'article, vous dites que c'est la préface qui vous a mises sur la voie…

– Et comment ! La dernière phrase de la préface, c'est : « Amis lecteurs, ce roman est une énigme. » On peut pas faire plus clair. D'ailleurs, on n'a pas été les premières à chercher. Des inconditionnels de d'Ambricourt en ont parlé sur des forums.

Marchand ordonna à Berthier de mettre Eva Duong sur l'étude de ces discussions sur internet. L'adjudant se précipita hors de la cellule pour transmettre la demande rapidement. Il voulait rater le moins possible de cet interrogatoire improbable.

– Ensuite, on a eu un peu de chance. Avec Odette et les filles du club de lecture, on a fait de la résolution de cette énigme notre priorité. On a testé des trucs un peu au hasard et on est tombées juste assez rapidement.

Elle fit un clin d'œil à Odette, tout aussi transfigurée de béatitude, comme si l'évocation des étapes de leur découverte leur faisait revivre toutes les émotions d'alors.

– Si vous vous êtes intéressé à René d'Ambricourt, vous savez que dans le genre égocentré, il se pose là. C'est typique de l'ancien jardinier servile qui tombe dans le revanchard. Imaginez, il écrivait en cachette après ses journées de bêche. Il a réussi dans l'écriture, il a basculé dans le monde des privilégiés, alors il a bien l'intention que le monde le remarque.

– De quelle façon ?

– En se fichant de lui. Cette énigme, c'est une jolie preuve. Odette, explique-lui pour le GPS.

Comme dans un numéro de théâtre bien rodé, Odette enchaîna sur la partie plus technique de leur aventure.

– René d'Ambricourt l'a dit plusieurs fois en interview, il adore les multiples de sept.

– Les multiples de sept ?

– Oui, sept, quatorze, vingt et un, etc.

Berthier arriva dans la cellule en courant et comprit en voyant son chef que les deux femmes avaient continué de le contrarier. Il remuait la jambe au rythme effréné de l'impatience et son visage était encore plus crispé.

– Bref, il se trouve que justement, dans ce bouquin, il n'y a que quatorze chapitres, ce qui n'est pas habituel. Les romans de René d'Ambricourt tournent généralement autour de cinquante chapitres. Alors on a décidé de s'intéresser aux deux seuls multiples de sept : le chapitre sept et le chapitre quatorze. Je pourrais avoir un verre d'eau ?

Berthier se précipita hors de la cellule sans attendre l'accord de son chef.

– Au chapitre sept, nous avons appliqué la règle A = 1, B = 2, C = 3, et ainsi de suite, au prénom « René ». La lettre « R » nous a donc menées au dix-huitième mot, puis cinq mots plus loin avec la lettre « e », puis encore quatorze avec la « n » et enfin cinq à nouveau avec le « e » final… Merci, Monsieur, vous êtes très gentil.

Odette avait insisté lourdement sur la gentillesse de Berthier, qui lui avait apporté son verre d'eau, afin de manifester sa désapprobation quant à la façon dont Marchand les traitait. Le lieutenant perdait patience.

– Ces mots, Madame Flanquet, formaient des coordonnées GPS ?

– Il s'est avéré que la totalité de ces mots étaient des chiffres : 47 ; 48 ; 31 et 5. Ce début de chapitre sept détaillait les âges d'une famille. René d'Ambricourt s'en est servi comme prétexte pour placer ses numéros. Nous avons ensuite appliqué le même système de décodage au chapitre quatorze, avec le nom d'Ambricourt. Nous avons trouvé alors 02 ; 5 ; 8 et 20, puis les premières lettres des mots suivants étaient L ; A ; T et L ; O ; N ; G.

Les deux femmes se levèrent de leur banc dans un même élan exalté.

– C'est grâce à « LAT » et « LONG » qu'on a découvert que René d'Ambricourt nous dévoilait une latitude et une longitude ! Mon mari s'est toujours passionné pour les cartes, alors je lui ai soumis les coordonnées brutes qu'il nous a calculées avec ces trucs de degrés et de secondes dont on ne comprend pas grand-chose… Bref, il nous a dit que ça correspondait à 47°48'18.9"N 0°25'49.2"E. Un point au milieu de la forêt de Bercé, tout près de chez d'Ambricourt, ça ne pouvait pas être un hasard.

Le lieutenant Marchand étudia longuement les deux femmes à la mine triomphale. Elles avaient tellement bien préparé leur récit qu'elles connaissaient l'ensemble des chiffres par cœur.

– Et comment avez-vous su que ces coordonnées vous mèneraient à un corps ?

– À cause du titre du livre, évidemment : *Le cadavre était caché là.*

Suzanne tendit fièrement un exemplaire du fameux roman. Elle l'avait dissimulé dans les plis de sa robe pour le brandir au moment opportun. Tout était calculé, prévu, anticipé et Marchand détestait cette mise en scène. Il saisit le livre, se leva et quitta la cellule. Il avait besoin de mettre de l'ordre dans ses idées.

Il marcha jusqu'à la porte du commissariat où il observa un instant la foule de journalistes à travers la vitre. Ils étaient encore plus nombreux qu'à son arrivée. Et d'autres étaient sans doute déjà à l'assaut de la maison de l'écrivain. C'était la cause de toutes ces voitures qu'il avait croisées plus tôt. Il fit voler machinalement les pages du livre entre ses doigts et remarqua les notes au crayon au chapitre sept et au chapitre quatorze. Des mots entourés, des chiffres, des remarques… Il les détailla un moment puis retourna s'assoir sur la chaise dans la petite cellule, face aux deux femmes.

– Mesdames, je vais vous poser une dernière question d'une importance capitale. Vous devez me promettre d'y répondre en toute franchise.

– Bien sûr.

– Est-ce que vous vous fichez de moi ?

***

Berthier s'accrochait fermement à la portière de la voiture pour ne pas basculer dans les virages.

Il détestait quand son chef conduisait. L'énervement n'améliorait pas sa gestion de la vitesse, bien au contraire.

Marchand n'avait pas décroché un mot depuis leur départ de la gendarmerie, quand il avait failli écraser un photographe qui s'était posté un peu trop longtemps devant le quatre-quatre pour les immortaliser. Des journalistes avaient tenté de les suivre, mais rester dans le sillage du lieutenant quand il conduisait à cette vitesse était dangereux. D'autant que sur certaines portions de route ombragées, la neige tenait encore.

Même les plus téméraires abandonnèrent la course-poursuite avant d'être arrêtés pour excès de vitesse par les passagers de la voiture qu'ils pourchassaient… ou d'atterrir dans un fossé. La filature était d'autant plus vaine que le véhicule se rendait sirènes hurlantes dans la direction de Beaumont-Pied-de-Bœuf, la destination des gendarmes était donc évidente : Jupilles et La Bouillonière où résidait René d'Ambricourt.

Cette fois, le lieutenant Marchand s'était promis de ne pas laisser le choix à l'écrivain. Il défoncerait son portail s'il le fallait, mais il irait lui parler. Si cette histoire démente de coordonnées GPS était vraie, il était le principal suspect du meurtre.

Alors qu'ils venaient de traverser Jupilles et qu'il ne leur restait plus qu'un peu plus d'un kilomètre à parcourir avant d'atteindre La Bouillonière, Marchand fut contraint de ralentir. Une voiture était arrêtée au milieu de la chaussée, feux de détresse allumés. Il ne pouvait s'agir d'une coïncidence. Toute cette affaire était engluée dans l'invraisemblable et il n'avait plus confiance dans le hasard.

Le lieutenant Marchand se gara derrière le véhicule. Une jeune femme en sortit et se dirigea droit vers lui. Il baissa la vitre et elle lui adressa un sourire.

– Je vous attendais, Lieutenant Marchand. Je suis Héloïse Bergaux, la journaliste qui a empoisonné votre matinée. Il faut qu'on parle.

Cette franchise apaisa le lieutenant. Il n'aimait pas qu'on se dandine autour des choses et les deux lectrices retraitées avaient largement entamé son quota de patience de la journée.

– Nous nous rendons chez René d'Ambricourt, on parlera plus tard, Madame Bergaux. Veuillez déplacer votre voiture, s'il vous plaît.

– Je vous promets que vous voulez entendre ce que j'ai à dire.

– Madame Bergaux, vous n'avez pas été jusque-là d'une grande aide, au contraire…

– Lieutenant, je veux vous éviter une humiliation…

Elle s'était abstenue à temps d'ajouter « supplémentaire » et s'empressa de poursuivre.

– Il y a une brasserie agréable à Jupilles, je vous offre le café.

En temps normal, le lieutenant Marchand aurait décliné l'invitation et aurait poursuivi son objectif, mais rien ne s'était déroulé comme à l'ordinaire jusqu'à présent. Et pour une raison qui lui échappait, la journaliste lui inspirait confiance.

– Je vous accorde vingt minutes.

– Merci, Lieutenant, je vous montre le chemin.

– Madame Bergaux ?

– Lieutenant ?

– Cette entrevue ne vous évitera pas une convocation officielle pour interrogatoire.

– Nous verrons.

L'adjudant Berthier regarda son chef, persuadé que la remarque de la jeune femme allait le faire sortir définitivement de ses gonds. Mais à sa grande surprise, le lieutenant esquissa un sourire. Il avait parfois du mal à comprendre ce qui se passait dans la tête de son supérieur. C'était peut-être pour cette raison qu'il était chef et pas lui.

Les habitués de la petite brasserie de Jupilles ne furent pas étonnés de voir entrer deux gendarmes en uniforme. La nouvelle s'était répandue dans tous les villages alentours, de Montabon jusqu'au Grand-Lucé, et ce fait divers unique plaisait.

– C'est vrai ce qu'on raconte dans le journal ? Il y avait vraiment les indices pour retrouver le corps, dans le bouquin à d'Ambricourt ?

Les deux hommes suivirent Héloïse Bergaux au fond de la salle sans répondre aux questions des clients. Ils ne s'en offusquèrent pas, une absence de réponse valant consentement à leurs yeux. La journaliste commanda trois cafés et le trio se cala à une table le plus loin possible des oreilles indiscrètes, trop près d'un sapin de Noël somptueusement décoré.

– Pourquoi ne pas nous avoir prévenus dès que les deux femmes vous ont appelée ?

– Qu'est-ce que vous m'auriez répondu si je vous avais dit que des vieilles dames juraient avoir trouvé les coordonnées GPS d'un cadavre dans un bouquin ?

Le lieutenant ne répondit rien. La journaliste sourit au gendarme sceptique puis poursuivit en expliquant qu'elle avait pensé à juste titre que si les deux femmes n'étaient pas folles, elle tenait un sujet en or.

– Par ailleurs, Lieutenant, je leur ai demandé de vous avertir pour le cadavre.

– C'était pour donner de la crédibilité à votre article.

– Non, c'était pour vous donner la primeur. L'article a été publié après votre arrivée sur les lieux du crime. Je voulais vous éviter la place de second.

– Et pourquoi tant de prévenance, Madame Bergaux ?

– Appelez-moi Héloïse, on va être amenés à se revoir.

L'adjudant Berthier avait l'impression d'être l'observateur, presque de trop, d'une joute qui mêlait attaque, évaluation et séduction. Il regardait parfois vers les clients au bar pour s'assurer qu'ils n'écoutaient pas leur conversation. Il se faisait fouetter chaque fois le visage par une branche de sapin enguirlandée. Cette surveillance lui donnait cependant l'impression d'être utile à quelque chose.

– La raison pour laquelle je voulais vous parler, Lieutenant, c'est qu'à partir de maintenant, nous n'enquêtons plus sur la même affaire. Nous allons pouvoir nous entraider.

Le patron du bar, un bonnet de père Noël sur la tête, apporta les trois cafés et les disposa sur la table avec une lenteur exagérée, espérant saisir une bribe de conversation à rapporter à ses clients qui comptaient sur lui. Mais à son grand désespoir, la tablée resta silencieuse. On n'entendait que le tintement des tasses sur les soucoupes et des boules de Noël sur les épaulettes de Berthier. La conversation, indistincte, ne reprit qu'une fois qu'il se fut éloigné.

– Il y a des choses que vous ignorez et je m'engage à vous dire tout ce que je sais si vous me garantissez en contrepartie que je serai la première journaliste à être informée de toutes vos avancées.

Amaury Marchand leva les yeux en l'air, manifestation incontrôlée de son agacement et de sa déception. Il avait cru la journaliste plus fine. Elle ne lui proposait rien de plus qu'un chantage journalistique lambda.

– C'est une chance unique pour moi, Lieutenant, un article pareil. Je ne vous parle pas du meurtre, mais de l'histoire de cet écrivain qui publie tranquillement ses énigmes morbides. Bien sûr, je veux savoir comment ce macchabée est arrivé dans la forêt de Bercé et si c'est l'écrivain qui l'a assassiné, parce que ça fait partie de mon enquête. Je vais avoir besoin de primeur, Lieutenant, pour rester au-dessus de la mêlée, je suis journaliste au *Maine Libre*. On est tout petits. La presse nationale va me passer devant, et c'est injuste. Ils ont plus de moyens, et la population se sent plus importante quand elle parle à un journaliste envoyé de Paris.

Le lieutenant fut surpris de constater que Berthier le regardait avec des yeux suppliants presque plus appuyés que ceux d'Héloïse Bergaux. L'argument de Paris l'avait touché. Sans prononcer un mot, en espérant que l'intensité de son regard suffirait, il en appelait à la solidarité provinciale. Qu'on soit Sarthois, comme lui, ou qu'on vienne de Saint-Omer comme le lieutenant, Paris revenait chaque fois se pavaner avec ses dorures et ses airs de vieille bourgeoise sans gêne en rappelant à toute la province que c'était elle d'abord.

Marchand voulait avant tout connaître la valeur des informations que détenait la journaliste. Avec une exposition médiatique pareille, ce serait un miracle si le procureur du Mans lui laissait l'enquête longtemps. S'il apportait des éléments intéressants qu'il avait obtenus avant tout le monde, cela justifierait peut-être qu'on lui confie l'affaire jusqu'au bout. Depuis sa petite gendarmerie de Château-du-Loir, il n'avait pas besoin d'aller jusqu'à Paris pour ressentir les effets désagréables de la centralisation. Déjà depuis Le Mans, on était capable de l'emmerder.

– Commencez par me dire ce que vous avez. Si c'est de l'info de qualité, nous avons un marché. Sinon, je vous arrête pour dissimulation de preuve et on continue notre échange à la gendarmerie.

Au sourire de la journaliste, les deux hommes comprirent qu'elle n'avait aucun doute quant à la valeur de ce qu'elle possédait. L'affaire était conclue.

– J'imagine que, comme à moi, Suzanne et Odette vous ont dit qu'elles s'étaient penchées sur l'énigme du bouquin à cause de la dernière phrase de la préface, « Ce livre est une énigme » ?

– Et donc ?

– Elles n'y sont pas parvenues toutes seules. On les a guidées. Quelqu'un leur a dit que René d'Ambricourt avait caché une devinette dans son livre. En revanche, elles ont apparemment résolu l'énigme sans l'aide de personne.

– Et vous savez qui les a informées ?

Berthier avait posé la question en élevant la voix et les clients regardèrent dans leur direction, toujours à l'affût. Mais une nouvelle fois, la discussion entre les trois du fond se poursuivit en chuchotements sous le sapin et ils retournèrent à leurs verres, déçus.

– À force d'insister, j'ai fini par apprendre que c'était Charles Rouillard, le fils de Suzanne, qui avait soufflé l'idée à sa mère.

Berthier nota le nom dans son carnet.

– Il habite une ancienne ferme à dix kilomètres au sud de Château-du-Loir. J'ai mené une enquête rapide et ce que je peux déjà vous dire, c'est que ce n'est pas un grand lecteur. Quelqu'un lui a sûrement glissé l'info, à lui aussi…

Marchand se souvenait de ce que Gédéon avait dit à propos de ce fils de Suzanne Rouillard : il était le seul qui soit resté dans la région. Le lieutenant commençait à visualiser cette affaire comme un vieil arbre avec des ramifications nouvelles au fur et à mesure qu'on s'y intéressait.

– Alors ? On a un marché ?

– Vous avez d'autres informations ?

La mine réjouie d'Héloïse était sans équivoque. Elle en avait. Et elle ne les partagerait qu'une fois l'accord entériné.

– On vous tient au courant de ce qu'on découvre, mais je décide ce que vous pouvez ou non publier. Et vous devez nous signaler en temps réel tout ce que vous dégotez de votre côté. Si j'apprends que vous nous avez caché une info, je vous envoie en cellule rejoindre mesdames Rouillard et Flanquet.

Marchand avala son café d'un trait et Héloïse en profita pour décocher un clin d'œil discret à Berthier, sourire en coin. Ils étaient désormais tous les deux aux ordres d'Amaury Marchand. L'adjudant rougit, pas certain d'avoir saisi les motifs de cette complicité soudaine, tout en se retenant de donner un coup dans la branche qui lui chatouillait le cou.

– Alors, qu'est-ce que vous avez d'autre ?

– J'ai appelé la maison d'édition de René d'Ambricourt.

Le lieutenant Marchand soupira. Héloïse Bergaux avait l'esprit vif, il ne regrettait pas le deal passé avec elle, mais l'efficacité de la jeune femme lui rappelait leur retard.

– Son éditeur est à la fois horrifié et très excité. D'un côté, ils craignent qu'on les accuse de complicité, d'un autre ils savent que ce genre de catastrophe est excellent pour les ventes. Ils m'ont juré qu'ils ignoraient tout de cette histoire d'énigme.

La journaliste se pencha vers les deux gendarmes et leur fit signe de s'approcher. Ce qu'elle s'apprêtait à leur dévoiler, elle ne voulait surtout pas qu'on l'entende.

– Dans l'article qui est paru ce matin, j'ai expliqué que le titre du livre, *Le cadavre était caché là*, ainsi que la préface, avaient mis les deux femmes sur la piste. Mais lorsque j'ai abordé la préface, je suis restée évasive. J'ai omis volontairement d'évoquer la dernière phrase : « Ce roman est une énigme. » Et j'avais de bonnes raisons…

Héloïse se courba davantage, si bien qu'une mèche de ses cheveux vint caresser la narine de l'adjudant Berthier, ce qu'il trouva presque agréable en comparaison du froid glacial des boules du sapin.

– Dans le dernier roman de René d'Ambricourt, sorti il y a six mois, on trouve encore la même phrase à la fin de la préface.

– Vous voulez dire qu'il y a une seconde énigme ?

Elle acquiesça doucement. Par mimétisme, le lieutenant hocha lui aussi la tête, réfléchissant aux implications éventuelles.

– J'ai tenté d'appliquer le même système de résolution qu'elles ont utilisé pour obtenir les coordonnées GPS, mais ça n'a rien donné. Je n'ai pas eu le temps d'approfondir, je comptais me replonger dedans ce soir à l'hôtel.

Le lieutenant Marchand n'osait pas poser la question. Il sentait que la réponse n'allait pas lui plaire. La journaliste le fixait comme si elle avait lu ses réticences. Il lâcha finalement, du bout des lèvres :

– Quel est le titre du roman ?

Héloïse Bergaux plongea la main dans son sac et en retira le livre qu'elle poussa vers les deux gendarmes. Le lieutenant Marchand lut le titre à haute voix.

– *Et encore des cadavres.*

***

À l'image de l'agglutinement anarchique qui obstruait l'entrée de la gendarmerie, une petite horde de journalistes bloquait l'accès au portail de la propriété de René d'Ambricourt. Quand la foule de ces soldats de l'information armés de caméras, de micros, d'appareils photos et d'enregistreurs aperçut les deux enquêteurs, le bloc léthargique devant le portail clos fut pris d'un élan d'espoir.

Ils se ruèrent sur les deux gendarmes qui se frayèrent tant bien que mal un chemin hors du quatre-quatre. Les journalistes, frustrés par la stagnation de cette affaire prometteuse et par l'absence d'informations nouvelles, donnaient au lieutenant l'image d'une meute affamée. Les deux retraitées qui avaient découvert le corps étaient à la gendarmerie, l'écrivain gardait porte close et aucun des enquêteurs ne répondait à leurs questions. Et ils commençaient à désespérer en constatant que ces deux nouveaux venus n'avaient pas l'air plus décidés à parler.

Face au sempiternel mutisme et exténuée par l'attente dans la neige désormais boueuse, la foule devint menaçante. Les « s'il vous plaît » suppliants furent bientôt remplacés par des « c'est de la rétention d'information ! » désespérés puis des remarques nettement moins polies, des bousculades, des menaces à peine voilées… Le lieutenant faisait profil bas et son adjudant l'imitait, avançant dans ses pas et faisant abstraction de l'agressivité ambiante, la tête rentrée dans la couronne de fourrure de son manteau. La foule en colère réduisait progressivement la distance avec les deux hommes et le lieutenant Marchand gardait la main proche de son holster.

Héloïse Bergaux avait prévenu les deux gendarmes, cette histoire était parfaite pour des journalistes assoiffés d'extraordinaire et les médias nationaux étaient prêts à tout pour obtenir des infos. Ces journalistes ressentaient la frustration du sujet idéal gâché par le silence de ses acteurs. Toute cette affaire de cadavre, de livre et de meurtre n'était que folie et elle risquait de déteindre sur tous ceux qui y prendraient part de près ou de loin.

Le lieutenant sonna au vidéophone comme il l'avait fait, sans succès, plus tôt le matin. Les voix menaçantes dans leur dos leur lançaient des « bonne chance » pleins d'ironie mauvaise et Marchand fut soulagé d'entendre le déclic sonore du portail qui s'ouvre. Certains journalistes tentèrent de les suivre dans la propriété et le lieutenant se retourna, menaçant, en leur intimant l'ordre de ne pas franchir le portail. Quand les flashs crépitèrent alors qu'il pointait le doigt dans leur direction la main sur son holster, il jura intérieurement. Il s'imaginait déjà présenté dans les journaux du lendemain comme égérie malgré lui de l'abus de pouvoir des forces de l'ordre. Le procureur n'apprécierait pas, d'autant que Marchand n'avait rien de concret à lui exposer. Il avait intérêt à sortir quelque chose de cet entretien avec René d'Ambricourt.

Les deux gendarmes remontèrent l'allée ombragée à la neige encore intacte vers le petit château planté au milieu des chênes. Berthier sortit son téléphone et montra à son chef leur position en temps réel afin de la comparer aux coordonnées GPS du cadavre. Ils n'étaient qu'à deux cents mètres à vol d'oiseau.

La façade aurait mérité un coup de peinture et les nombreux volets d'être ouverts pour rendre l'endroit plus accueillant, mais le château restait impressionnant, particulièrement sous la neige éparse. Si son indéniable charme était dissimulé des regards extérieurs par les arbres en trop grand nombre, on était saisi par la majesté inquiétante des lieux une fois l'immense bâtisse sous les yeux.

– J'aimerais pas habiter seul là-dedans…

Le lieutenant Marchand acquiesça. Les arbres semblaient vouloir avaler le château et rendaient l'atmosphère sinistre. Le craquement des branches poussées par le vent et le bruit des gouttes de neige fondue s'écoulant des arbres n'amélioraient pas le sentiment d'oppression.

La porte d'entrée était grande ouverte, dévoilant un trou noir dans lequel les deux hommes ne se pressèrent pas de s'engouffrer. Le lieutenant imagina Gédéon venant faire ses livraisons sans jamais croiser l'occupant des lieux. Il ne s'éternisait sans doute pas dans les parages.

– Monsieur d'Ambricourt ?

La voix de Marchand résonna dans l'immense entrée. Les yeux des gendarmes s'acclimataient doucement à l'obscurité et ils devinaient maintenant sur les murs et le plafond des fresques du XIXe siècle représentant des scènes bucoliques.

– Par ici… Je suis dans mon bureau.

L'écrivain avait marqué un temps au milieu de sa phrase pour reprendre son souffle. Au fur et à mesure qu'ils se rapprochaient de la pièce d'où leur était parvenue la voix, les deux hommes entendaient de plus en plus distinctement les sifflements d'une respiration difficile. La forte odeur de renfermé donnait envie d'ouvrir portes et fenêtres, d'autant que la météo humide avait imprégné les lieux. Berthier ne put retenir une quinte de toux en pénétrant dans le bureau avec son chef.

René d'Ambricourt remplissait un fauteuil à l'autre bout de la pièce plongée dans une semi-obscurité. Les gendarmes restèrent dans l'embrasure à évaluer les moyens de se frayer un chemin dans cet immense capharnaüm. Partout sur les murs et jonchant le sol, des livres empilés remplissaient la pièce. L'écrivain s'était tout juste aménagé un couloir qui lui permettait de contourner son bureau et de se rendre jusqu'à son fauteuil. Le lieutenant Marchand nota que l'écrivain était assis loin de sa table de travail. Il avait volontairement reculé son fauteuil dans le coin le plus sombre de la pièce pour rester à peine visible.

– Pardonnez-moi de ne pas me lever pour vous accueillir, la douleur m'empêche les efforts physiques.

S'ils ne discernaient pas les traits de son visage, les deux hommes devinaient la corpulence hors normes de l'homme qui s'adressait à eux.

– Vous verrez par ailleurs que l'on s'habitue très bien à l'obscurité... Elle est bénéfique à la créativité... Asseyez-vous, je vous en prie.

Son bras avait bougé tel une ombre dont ils ne voyaient pas les contours exacts. Deux sièges les attendaient entre les piles de livres mais les gendarmes restaient immobiles. Les intonations de voix de l'écrivain les mettaient mal à l'aise plus encore que les lieux. Ce n'étaient pas seulement les sifflements, sa voix avait une façon de monter dans les aigus avant d'aussitôt redescendre dans les graves sans raison apparente. Une tessiture en montagnes russes qui faisait frissonner l'échine comme le grincement d'une craie sur un tableau humide.

– Vous savez pourquoi nous sommes là, Monsieur d'Ambricourt ?

– J'ai donné une interview ce matin… un journaliste du *Monde*… Elle sera publiée demain.

Berthier regarda son chef. L'écrivain venait de leur dire à demi-mot qu'ils n'auraient qu'à attendre de lire dans la presse ce qu'il avait à dire. Marchand ne réagit pas.

– Connaissez-vous l'identité de la personne décédée retrouvée près de chez vous ?

– Non.

– Est-ce vrai que vous avez dissimulé une énigme dans votre roman afin de permettre à vos lecteurs de trouver le corps ?

– Oui.

Berthier ne pouvait s'empêcher d'observer Marchand, impressionné par son sang-froid. Le jeune adjudant éprouvait une forte envie de secouer l'homme dans son fauteuil. Il avait une profonde antipathie pour cet écrivain qui jouait avec les morts. Son chef poursuivait l'interrogatoire, impassible.

– Comment avez-vous su qu'il y avait un corps à cet endroit ?

– Il m'arrivait de me promener dans le bois… avant. Je suis tombé dessus… par hasard.

– Pourquoi ne pas avoir averti les autorités ?

– Je croyais qu'il s'agissait d'un animal.

Les intonations de voix de l'écrivain étaient étranges. Il était impossible d'y déceler une intention ironique, un mensonge ou une émotion quelconque. Le lieutenant s'approcha d'une des chaises plantées au milieu des piles de livres et s'assit, détendu.

– Quel genre d'animal ?

– Un sanglier… Dans une forêt ce n'est pas rare… de tomber sur un animal mort.

– C'est une curieuse coïncidence. Vous vous amusez à signaler la présence d'un cadavre de sanglier dans un roman policier lu par des milliers de personnes à travers le monde, et au moment où on le découvre, il s'agit finalement d'un être humain.

L'écrivain émit un grognement impossible à interpréter.

– À quelle date avez-vous vu ce « sanglier » ?

– Je ne me souviens pas exactement, c'était il y a trois ans, pendant l'écriture du roman. C'est ce qui m'a donné l'idée d'insérer l'énigme. Ce devait être autour de Noël, comme maintenant.

L'adjudant nota ces détails dans son petit carnet pour les ajouter au reste des maigres informations dont ils disposaient pour l'instant.

– Berthier, j'aimerais m'entretenir un instant seul avec monsieur d'Ambricourt. Pouvez-vous m'attendre dehors ?

L'adjudant feignit la surprise et sortit de la pièce en prenant soin de disparaître du champ de vision de leur hôte. Il savait ce que son chef attendait de lui et il se mit aussitôt au travail. Le téléphone portable en guise de lampe de poche et d'appareil photo, il s'attela à la visite des lieux.

– Est-ce que vous connaissez Suzanne Rouillard et Odette Flanquet ?

– Jusqu'à ce matin, non… Le journaliste du *Monde* m'a dit qu'elles avaient trouvé le corps… et aussi qu'elles avaient cherché à me joindre plusieurs fois ces dernières années… pour leur club de lecture…

– Vous ne vous en souvenez pas ?

– Je reçois beaucoup de sollicitations… Je ne réponds à aucune…

***

L'adjudant avançait prudemment. Il était fasciné par l'austérité impeccable de cet endroit qui affichait encore les vestiges d'un passé agréable. Il avait fallu du travail pour rendre ce château aussi peu accueillant.

Le jeune gendarme n'avait encore parcouru que le rez-de-chaussée et il pouvait résumer le quotidien de son occupant sans difficulté. D'un côté du bâtiment se trouvait son bureau, à l'autre bout la cuisine. Et entre les deux, l'entrée et une immense salle de réception. L'écrivain avait peut-être eu une vie sociale à une époque, à moins que cela ne date d'avant son arrivée. La grande table pouvait accueillir plus d'une vingtaine d'invités et les armoires environnantes abritaient la vaisselle la plus complète et la plus élégante. Dans les coins et le long de ces jolis meubles bourgeois, on retrouvait inlassablement des montagnes de livres impeccablement rangés. Berthier mitraillait son exploration de photos et chaque fois le contraste entre l'obscurité et le flash l'aveuglait. Il n'y avait pas de trace de télévision, de chaîne hifi, d'ordinateur… mais il était loin d'avoir exploré tout le château. Et il n'en aurait pas le temps, sauf si l'écrivain racontait sa vie en détail à son chef.

La cuisine était étonnamment ordonnée. Le gendarme s'était attendu à des assiettes sales encombrant l'évier et des paquets de nourriture éventrés. Dans les placards, il découvrit des terrines artisanales, des blocs de foie gras en verre, des pâtés de toutes sortes… et de grandes quantités de biscottes pour soutenir toute cette viande mixée. Il y avait également des chips, des cacahuètes et des biscuits salés. Pas un seul fruit, légume ou aliment frais, ce qui n'étonna pas Berthier.

L'adjudant poussa un cri de surprise en ouvrant l'immense réfrigérateur américain. À l'exception d'une ou deux terrines entamées, il était rempli de bières et de bouteilles de vin. Pas un seul espace inoccupé. Il prit une photo et referma cette cave réfrigérée.

De tout ce qu'il avait vu pour l'instant, il pouvait déduire que l'homme qui hantait cet endroit n'avait pas une bonne hygiène de vie. Mais il était déjà arrivé à cette conclusion en le découvrant tapi dans son fauteuil. Il n'était pas plus avancé. Il poursuivit ses nombreuses prises de vue en retournant vers le bureau.

Il tendit l'oreille pour savoir où ils en étaient dans leur discussion. Il avait peut-être le temps de visiter le premier étage… Il s'élança sans tergiverser dans l'immense escalier qui faisait face à l'entrée. Et quand il eut terminé de gravir les vieilles marches en granit qui dataient du XVIe siècle, il fit enfin une découverte intéressante.

***

– Vous devez vous mettre à ma place, Monsieur d'Ambricourt. Toute cette histoire est pour le moins étonnante.

– Je ne pensais pas qu'une plaisanterie glissée dans un livre… ferait un tel tapage.

– Ce n'est pas une plaisanterie, un homme est mort.

– Je ne peux rien de plus pour vous, Lieutenant.

– Parlez-moi de l'énigme de votre dernier roman, *Et encore des cadavres*.

L'écrivain ne répondit pas tout de suite. Marchand s'était accoutumé à l'obscurité et il devina que René d'Ambricourt remuait dans son fauteuil. Il ne s'était pas attendu à cette question et le gendarme remercia intérieurement Héloïse Bergaux.

– Votre préface se termine par les mêmes mots qui annonçaient que vous aviez dissimulé des coordonnées GPS, « Ce roman est une énigme ». Qu'allons-nous trouver cette fois, Monsieur d'Ambricourt ? « Et encore des cadavres » ? C'est ce qui nous attend ?

***

Berthier devina à l'air contrarié de son chef qu'il n'avait rien obtenu de René d'Ambricourt. Ils s'étaient croisés au moment où l'adjudant redescendait l'escalier et où le lieutenant quittait le bureau de l'écrivain. Ce n'est qu'une fois dehors que le jeune gendarme fit part de sa découverte.

– Je n'ai pas pu visiter l'étage supérieur, la porte qui y donne accès est fermée électroniquement. Blindage en acier et pavé numérique hautement sécurisé. C'est un bunker, là-haut.

Marchand fronça les sourcils. Qu'est-ce que René d'Ambricourt avait à cacher ? Il fit signe à Berthier de le suivre. Il voulait explorer les alentours de la propriété dans l'espoir d'une découverte quelconque. Et pour retarder leur traversée de la horde des journalistes.

– Il est malin. Il sait qu'on ne peut rien contre lui. Même le coup des coordonnées GPS, ça ne prouve pas qu'il ait tué ce type. Un lecteur fou a pu prendre son jeu au sérieux. Il sait qu'on ne se risquera pas à le mettre en garde à vue.

– Pourquoi ?

– À cause de son état de santé. On n'est pas à l'abri qu'il nous claque dans les bras si on le déplace.

– C'est vrai qu'il n'est pas très mobile. Dans sa cuisine, il n'y a rien d'autre que de l'alcool, des chips et des terrines…

L'arrière du château n'était pas plus engageant et l'aspect sinistre en était même exacerbé car on ne voyait plus le portail, seule échappatoire de cette propriété bordée de murs surmontés de fils barbelés. Une petite porte permettait l'accès à ce verso de la propriété, mais elle semblait condamnée. L'écrivain tenait à ce qu'on ne puisse pénétrer dans le château que depuis un seul point d'entrée : la porte principale. Une vigilance qui n'avait rien d'étrange si on considérait l'isolement extrême de la bâtisse et la parfaite vulnérabilité de son occupant.

***

De retour au commissariat, Marchand ordonna à l'adjudant Berthier de fouiller dans le passé de René d'Ambricourt puis il s'enferma dans son bureau pour téléphoner au procureur du Mans et l'informer de l'avancée plutôt maigre de son enquête. Il avait pris soin de ne pas croiser les deux retraitées qui avaient le don de l'irriter. Il voulait s'entretenir sereinement avec le magistrat manceau qui n'avait pas encore saisi la portée de cette affaire, obnubilé par le double meurtre dans sa ville. Le lieutenant savait qu'il ne tarderait pas à débarquer quand il aurait lu la presse nationale le lendemain. Tant que cette histoire de meurtre lié à un livre se contentait d'apparaître dans *Le Maine Libre*, le magistrat pouvait encore espérer qu'on le laisse tranquille.

Le lieutenant Marchand avait à peine raccroché que le brigadier Goudeau frappa à la porte. Il venait lui faire son rapport sur le vol de l'âne dans l'église et des boules du sapin devant la mairie. Le lieutenant eut besoin de quelques secondes pour se replonger dans le contexte de cet improbable larcin à l'énoncé ridicule. Il remercia néanmoins le brigadier qui s'était penché sur cette affaire qui n'intéressait personne dans ses équipes. Le jeune homme relut les notes prises dans son téléphone pour ne rien omettre, trop heureux des félicitations de son chef.

– Seules les boules rouges du sapin de Noël devant la mairie ont été emportées, c'est-à-dire à peu près la moitié. Ils ont laissé les jaunes. J'ignore pourquoi et les employés de la mairie n'avaient pas non plus d'explication. Étant donnée la taille du sapin, les voleurs ont été obligés d'utiliser une échelle. Je n'ai trouvé aucun indice sur la scène du délit… De toute façon, c'est plein de curieux qui viennent constater par eux-mêmes que les boules rouges ne sont plus là. La scène a été largement contaminée. Hier au soir, les boules étaient au complet sur le sapin, un conseiller municipal l'affirme. Les voleurs ont donc agi pendant la nuit, ce qui explique qu'il n'y a pas de témoin. En revanche, concernant l'âne dérobé dans l'église, on a peut-être un peu plus de chance. C'est pour cette raison que je parle « des » voleurs. Le curé m'a expliqué que l'âne manquant dans la crèche est une sculpture de plâtre d'environ vingt kilos. Elle n'a aucune valeur, la peinture est écaillée, il ne s'explique pas ce vol. Selon lui, c'est un acte antireligieux. Mais il avait une information intéressante : une paroissienne lui a téléphoné ce matin pour lui dire qu'elle avait vu rôder les frères Loutrel du côté de l'autel. Ils sont connus dans le coin… Et pas pour de bonnes raisons.

– Casier ?

– Les deux sont sortis de prison il y a quelques semaines. Des vols de machines agricoles à répétition, des petits larcins… Leur père était du même genre.

Le lieutenant réfléchit aux informations livrées par son brigadier. Des boules de Noël, à la limite, on pouvait leur trouver une utilité, décorer son propre sapin, mais un âne en plâtre usé de vingt kilos…

– Vous avez le nom de la paroissienne ?

– Le curé est Coréen et ne parle pas très bien notre langue. La femme s'est présentée mais il n'a pas bien saisi son nom. À l'occasion de la prochaine messe à Château-du-Loir, il fera une annonce à l'assemblée pour qu'elle se manifeste auprès de la gendarmerie.

– Et la prochaine messe…

– C’est Noël. Dans deux jours.

Le lieutenant Marchand approuva ensuite la demande de Goudeau qui voulait rendre visite aux frères Loutrel. Il espérait pouvoir régler cette histoire sans procédure officielle. Y avait-il eu un différend entre la mairie ou le curé et les Loutrel ? Est-ce qu’il s’agissait d’un simple vandalisme ? Peut-être qu’en découvrant ce qui avait motivé ces vols, ils trouveraient un terrain d’entente. Un rappel à l’ordre, une amnistie de fin d’année et on passerait à autre chose. Le chef de la gendarmerie était plus concerné par le corps dans la forêt de Bercé, mais ils devaient montrer à la population que Noël était pris au sérieux par la gendarmerie de Château-du-Loir.

Le lieutenant sortit de son bureau à la suite de Goudeau. Il s’assura que les filatures étaient mises en place puis il ordonna qu’on laisse partir les deux vieilles femmes. Il n’en attendait pas grand-chose et avait conscience qu’il envoyait sûrement Spandoni et Buisson perdre leur temps. Mais il se sentait démuni. L’envoyée de l’IRCGN était passée faire ses prélèvements le matin même et elle avait promis aux gendarmes des réponses d’autant plus rapides qu’elle n’avait rien trouvé de spécial. L’autopsie leur en apprendrait sans doute davantage.

Marchand ne parvenait pas à trouver par quel bout poursuivre son enquête. Il s’apprêtait à appeler l’éditeur de René d’Ambricourt quand on vint lui annoncer qu’une femme désirait lui parler, à propos du cadavre qu’ils avaient trouvé la veille.

Le lieutenant s'empressa de l'inviter dans son bureau, plein d'espoir.

Il était difficile de lui donner un âge, autour de la cinquantaine probablement. Frêle et discrète, quand elle serra la main du gendarme, il fut surpris par la paume glaciale et les doigts sans force.

– Que puis-je faire pour vous ?

– Je suis Christine de Magne.

Marchand eut la désagréable impression qu'elle attendait de lui une réaction mais il était certain de n'avoir jamais entendu ce nom. Peut-être venait-elle d'une de ces riches familles du coin qui se disputaient l'économie locale depuis plusieurs générations.

– Mon frère a fait plusieurs fois de la prison : Christian de Magne. Enfin, pour être exacte, c'est mon demi-frère.

Voilà pourquoi ils auraient pu se croiser. La particule et le profil éthéré de cette femme l'avaient mis sur une mauvaise piste. Ce n'était pas le mondain qu'il aurait dû reconnaître, c'était le repris de justice. Elle avait baissé les yeux en prononçant le prénom « Christian ». Il pouvait y avoir plusieurs raisons à cet air soudain abattu. Le manque d'imagination de leurs parents qui les avaient affublés d'un prénom presque identique, Christian et Christine, la honte d'être apparentée à un criminel ou encore la peur qu'elle ait prononcé le nom de l'homme retrouvé dans la forêt de Bercé.

– Vous pensez qu'il a un lien avec le corps que nous avons découvert ?

– Je ne sais pas. Je ne serais pas surprise que ce soit lui. Je l'espère et le redoute à la fois. Il était différent…

Elle laissa en suspens ce constat qui pouvait, là encore, avoir de multiples significations.

– Je l'ai longtemps protégé avant d'abandonner. Il aurait dû être soigné, suivi dans un établissement spécialisé. Il s'est toujours mis dans des situations… La justice préférait l'envoyer en prison. Il s'est fait des tas d'amis là-bas, des gens peu recommandables… Entre chaque séjour en détention, il venait parfois habiter à la maison, ou alors il retrouvait ses « amis ». Et puis un jour, il y a un an, il n'a plus donné signe de vie.

– Vous ne l'avez pas signalé à la police ?

– Il disparaissait souvent pour des périodes plus ou moins longues. Et puis, il est adulte. Enfin, aux yeux de la loi en tout cas… Au bout de quelques mois, j'ai compris qu'il avait dû se passer quelque chose de grave. Il n'était jamais resté silencieux aussi longtemps. J'étais la seule personne proche de lui, et à moins qu'il ait gagné au loto ou réussi enfin un coup quelconque…

– C'était quel genre de « coups », Madame de Magne ?

– Il montait des arnaques contre des casinos, des salles de poker… Il inventait des appareils pour truquer les machines, il organisait des tricheries d'envergure. Il en a réussi quelques-unes… mais raté la plupart. Il a même essayé d'arnaquer des criminels dans des parties de cartes clandestines. Vous comprenez pourquoi je ne serais pas étonnée si c'était lui dans la forêt de Bercé.

La voix de Christine se brisa. Elle accepta le café que le gendarme lui proposait et sortit une photo de son sac pendant qu'il remplissait les tasses. Elle posa le portrait de son frère devant le lieutenant.

– J'imagine qu'il doit y avoir d'autres photos dans les ordinateurs de la police. Celle-ci est la plus récente que je possède.

Marchand étudia le cliché attentivement. Les couleurs étaient délavées, la tenue démodée, c'était du récent relatif. La preuve jaunie que les ponts avaient été en partie coupés entre le frère et la sœur. Mais il pouvait correspondre. Les cheveux, la taille… Il laissa Christine de Magne siroter tranquillement son café avant de la confier au brigadier Goudeau pour un prélèvement ADN. Si le macchabée était son frère, ils le sauraient rapidement.

Marchand observa le visage fatigué de la femme tandis que le gendarme plongeait un coton-tige dans sa bouche pour recueillir de la salive. Le brigadier Goudeau quitta ensuite la pièce avec son prélèvement. Christine de Magne se leva sans un mot et serra la main de Marchand avec toujours la même indolence. Il la raccompagna jusqu'à la sortie et l'observa traverser la nuée de journalistes qui n'avait pas diminué. Elle avait l'air tellement perdue dans ses pensées qu'elle fendit la petite foule sans attirer l'attention. Ils venaient peut-être de laisser filer la demi-sœur du cadavre au livre. Il fallait qu'elle soit invisible pour disparaître parmi eux sans qu'aucun ne lève la tête.

– Lieutenant, j'ai quelque chose qui pourrait vous intéresser.

Marchand se retourna vers la brigadière Duong qui avait sorti la tête de la salle de réunion. Il la suivit et s'installa sur la chaise la plus proche de la jeune femme.

– J'ai passé en revue les principaux forums littéraires pour vérifier qu'on y faisait référence quelque part à l'énigme de d'Ambricourt, comme l'ont affirmé vos deux témoins. Ça n'a pas été difficile à trouver, la littérature c'est pas le sujet préféré sur le net, les espaces de discussion ne sont pas nombreux.

Eva Duong était l'experte officieuse en cybercriminalité de la gendarmerie. Elle n'avait pas suivi la formation spécifique qui existait depuis quelques années et qui l'aurait obligée à rejoindre l'unité spécialisée dans ce domaine. Elle aimait être gendarme de terrain pendant ses heures de travail et une geek assumée quand elle se retrouvait chez elle, sans avoir à conjuguer ses deux passions. Cela convenait tout à fait au lieutenant Marchand qui gardait près de lui un précieux élément à l'heure où internet venait toujours se mêler de tout. Elle dégageait par ailleurs une énergie communicative et il n'hésitait pas à faire appel à elle quand il s'agissait de décontenancer un suspect. Une femme gendarme, la population s'était habituée, mais une femme gendarme d'origine vietnamienne, dans les environs de Château-du-Loir, ça faisait son petit effet.

La brigadière Duong maniait le pavé tactile et le clavier avec une dextérité qui mettait le lieutenant en confiance. Elle utilisait son ordinateur portable personnel, orné d'une multitude d'autocollants usés. Par un effet d'association étrange, avec ses bras et son cou recouverts de tatouages, la machine et la jeune femme se ressemblaient.

– Il y a effectivement plusieurs fils de discussions sur l'énigme de René d'Ambricourt, mais ils sont chaque fois partis de la même personne. « Bullardière », comme il se fait appeler. Il s'est connecté un peu partout pour parler de l'énigme. Ça n'a pas vraiment pris. Il faut dire que son profil n'inspire pas confiance.

– Pourquoi ?

– Imaginez que vous alliez sur des forums qui parlent, par exemple… de bière.

La jeune femme s'arrêta net, regrettant cette intrusion familière dans les habitudes de son chef. Le lieutenant sourit.

– Il paraît que vous aimez bien, c'est ce qu'on raconte…

– Poursuivez.

– Si tout à coup, une personne que vous n'avez jamais croisée sur aucun forum se met à poster partout que telle marque de bière a caché une énigme dans ses étiquettes, vous pensez alors…

– Publicité déguisée.

– Exactement. Plusieurs personnes l'ont accusé de travailler pour la maison d'édition de d'Ambricourt. Des fans de l'auteur ont quand même voulu vérifier et ont partagé des copies du bouquin en ligne pour que chacun puisse se faire une idée sans avoir besoin de l'acheter.

– Certains étaient sur la bonne piste ?

– Ils n'ont pas eu le temps, l'énigme était trop complexe. Le post le plus ancien date d'il y a un mois à peine et comme je vous dis, ça n'a pas vraiment pris.

Le lieutenant observa les mains d'Eva Duong danser sur le clavier aux touches parfois effacées par le temps. Étant donnée la durée de vie restreinte d'un ordinateur, elle ne laissait pas de répit à sa machine pour qu'elle ait cette patine avancée.

L'adjudant Berthier fit irruption dans la salle de réunion avec une feuille fraîchement imprimée à la main.

– La vie de René d'Ambricourt tient sur ce bout de papier. Parents violents et alcooliques, il a été placé en foyer, puis il a suivi une formation de jardinier. Il est entré au service d'un certain Charles de Valois pour deux ans à peine. Il a été tabassé par des suspects jamais retrouvés et a séjourné pendant plus d'un an à l'hôpital. Plainte classée sans suite. Peu de temps après sa sortie paraissait son premier roman, succès immédiat, suivi par d'autres. Il a racheté La Bouillonière.

– Merci, Berthier. Vous avez pu accéder à l'enquête sur son agression ?

– Je n'ai rien trouvé pour l'instant. C'est peut-être dans des archives quelque part au Mans. C'est bizarre qu'il n'y ait rien ici alors que ça s'est passé dans les environs.

Marchand hocha la tête, les yeux plissés, cherchant ce que cette plainte fantôme impliquait. Eva Duong le ramena à la réalité en tournant l'écran de son ordinateur vers lui.

– Voilà, vous pouvez accéder à l'essentiel des discussions en un coup d'œil.

La gendarme avait divisé son écran en plusieurs fenêtres, chacune d'elles correspondant à un fil de discussion dans un forum. Elle invita son chef à parcourir lui-même les différents sites.

« Bullardière » avait fait des copié-collé de ses messages dans chacun d'eux, répondant aux questions concernant l'énigme et ignorant les accusations de publicité déguisée. Il avait l'intention que tout le monde connaisse l'existence de cette énigme. Et maintenant que la nouvelle avait fait le tour d'internet que René d'Ambricourt avait réellement dissimulé un code dans son roman, les membres harcelaient « Bullardière » de questions qui restaient sans réponse.

– On n'a pas affaire à un habitué des forums. Pas d'abréviations, des phrases structurées, un langage très écrit… Même si ces sites sont consacrés à la littérature et que les utilisateurs font plus attention au niveau de langue qu'ailleurs, « Bullardière » est trop soigneux. Il met longtemps à répondre aussi, je pense qu'il peaufine chacun de ses messages.

– Ça peut nous aider à trouver qui c'est ?

– En fait, je sais déjà qui c'est.

Le lieutenant Marchand regarda Eva Duong avec un air surpris qui fit rire la jeune femme.

– C'est un vrai amateur. Il a rempli consciencieusement toutes les informations le concernant à chaque inscription sur les forums. La plupart des gens mettent des informations bidons, mais pas lui. Et son adresse IP n'a fait que me le confirmer.

– On le connaît ?

– Presque. C'est Charles Rouillard, le fils de Suzanne Rouillard qui a découvert le corps. Il habite une ferme à quelques kilomètres, devinez comment elle s'appelle ?

– La Bullardière ?

***

L'adjudant Berthier avait réussi à convaincre son chef de lui laisser le volant. Il n'avait pas tardé à comprendre comment il était parvenu aussi facilement à cet exploit. Marchand était plongé dans son téléphone et parcourait les messages postés par le fils Rouillard sur les différents forums. Il voulait en connaître la teneur avant de le confronter.

– Chef, vous comprenez quelque chose à tout ça ?

– Que voulez-vous dire, Berthier ?

– Pourquoi le fils de Suzanne Rouillard a averti tout le monde qu'il y avait une énigme ?

– J'imagine que l'idée était de faire croire qu'elle était connue de tous les amateurs de René d'Ambricourt. Qu'il existait une communauté de passionnés autour de ce code à déchiffrer…

– Dans quel but ?

– J'aimerais bien le savoir.

Après avoir parcouru une quinzaine de kilomètres sur les petites routes enchevêtrées que Berthier connaissait par cœur, ils empruntèrent un chemin cahoteux à travers des champs sur lesquels la neige n'avait pas encore tout à fait disparu. Au bout de cette route au bitume hors d'âge, les deux gendarmes découvrirent enfin la Bullardière.

La propriété, une ancienne ferme joliment restaurée, consistait en deux bâtiments de pierre se faisant face. Autour, quelques parcelles de jardin se terminaient rapidement pour laisser place à un champ de maïs d'un côté et à de la forêt de l'autre.

À la lisière du champ, une grange immense abritait un vieux tracteur entouré de meules de foin. Charles Rouillard était accoudé au véhicule, un nuage gris s'envolant quelques fois depuis sa pipe. Il fumait en observant le quatre-quatre de la gendarmerie qui faisait crépiter les graviers dans sa cour. Il vint à la rencontre des deux enquêteurs et lança son invitation dès que les portières claquèrent :

– On va boire un coup ?

Le propriétaire des lieux haussa les épaules quand les deux gendarmes déclinèrent la proposition. Il les invita à entrer et ils s'installèrent dans son salon, sur des fauteuils disposés devant la cheminée où mouraient quelques braises. La pièce encombrée de trophées de chasse et de bibelots en tout genre était confortable. Ce joli désordre lui conférait un cachet agréable, une atmosphère qui prêtait à pantoufler devant le feu un verre à la main, et Berthier envia Charles Rouillard lorsque celui-ci se servit un bourbon récupéré dans un meuble à alcools coincé entre un sapin de Noël d'un côté et une crèche de l'autre. Les santons de grande taille avaient été installés avec minutie sur une commode totalement dédiée à la représentation de la naissance de Jésus. Il ne manquait que le principal intéressé qui les rejoindrait deux jours plus tard entre l'âne et le bœuf.

Le lieutenant Marchand songea que Suzanne Rouillard avait dû avoir son fils très jeune, Charles n'avait pas l'air beaucoup moins âgé qu'elle. Les abus divers étaient peut-être l'origine de cette figure de vieux bourgeois qui lui donnait plus que son âge.

L'homme d'une cinquantaine d'années traîna ensuite son corps massif et se laissa tomber dans un fauteuil en prenant soin de ne pas renverser de son breuvage.

– Je vous écoute. On n'a pas tout notre temps, Pétro ne va pas tarder à débarquer. Elle n'aime pas que je prenne l'apéro.

– C’est votre femme ?

– Pétronille Rouillard, oui Lieutenant.

L’homme tenait à montrer qu’il savait lire les grades sur les épaules des militaires. Une coquetterie des bonnes familles dont Marchand avait l’habitude. Il ne releva pas. Charles Rouillard ne lui inspirait rien d’agréable. Il adoptait une posture de châtelain comme il en avait croisé quelques fois depuis qu’il était en poste dans la région. Comme si le fait d’habiter une maison de caractère plutôt qu’un petit pavillon crépi lui conférait une supériorité naturelle.

– Vous êtes au courant, pour le corps dans la forêt de Bercé ?

– Il paraît que c’est ma mère qui l’a trouvé, avec sa copine Odette. Vous les soupçonnez pas, au moins ?

Il trempa les lèvres dans son bourbon en souriant, le regard ailleurs, visualisant sans doute sa mère en assassin.

– C’est vous qui leur avez dit pour l’énigme.

Le sourire disparut. Charles Rouillard but une nouvelle gorgée pour dissimuler sa gêne.

Il jeta un œil aux gendarmes impassibles et comprit qu’il ne s’agissait pas d’un coup de bluff. Ils savaient.

– J’ai reçu un appel anonyme il y a quelques mois. Je devais dire à ma mère pour l’énigme, en échange d’argent. Je vois pas pourquoi j’aurais refusé, c’était cinq cents euros facilement gagnés, et j’ai rien fait de mal.

– Est-ce que vous connaissez René d'Ambricourt ?

– De nom, comme tout le monde. Mais pas personnellement, si c'est ce que vous voulez savoir.

Berthier sortit son calepin et prit quelques notes en silence. Le lieutenant Marchand se leva pour se dégourdir les jambes et parcourir la pièce. Les murs étaient tapissés de photos de famille, de gravures religieuses et de scènes de chasse. Un intérieur bourgeois comme il en avait vu d'autres et pourtant, un détail l'interpellait sans qu'il ne parvienne à l'identifier. Berthier poursuivit l'interrogatoire tandis que Charles suivait des yeux le chef de la gendarmerie en train d'arpenter son salon.

– Pourquoi avoir dévoilé l'existence de cette énigme sur internet ?

– Comment vous le savez ?

– C'est notre métier, Monsieur Rouillard. Vous pouvez répondre à la question ?

– J'ai reçu un nouvel appel anonyme quelque temps après. On me demandait d'aller sur certains forums précis pour dire la même chose. C'était encore mieux payé, huit cents euros cette fois.

– Vous n'avez aucune idée de qui est à l'origine de ces appels ?

– Non, il n'a jamais voulu dire son nom. Et il appelait toujours en numéro masqué.

– C'est donc un homme…

Berthier griffonna quelques mots sur son carnet. Il ne voyait pas quelle autre question poser au fils

Rouillard mais son chef semblait avoir besoin de plus de temps.

– Vous êtes chasseur ?

– Et alors ?

– À quelle distance on reconnaît un sanglier mort ?

– Elle est bizarre, votre question… À une vingtaine de mètres, j'imagine. Et puis ça dépend si on peut voir sa tête ou pas. Et l'état de décomposition.

Charles Rouillard soupira en entendant la voiture de sa femme rouler sur les graviers. Il rangea la bouteille de bourbon, glissa le verre sous le canapé et s'alluma une pipe qu'il bourrait depuis déjà cinq minutes.

– Mon heure de tranquillité vient de se terminer. Vous allez voir qu'elle va commencer à m'emmerder à la seconde où elle pénétrera dans cette pièce.

Marchand préféra ignorer la remarque et s'intéressa exagérément à une peinture représentant une pie dans des fleurs. Pétronille Rouillard surgit dans le salon avec une énergie qui fit sursauter les deux gendarmes. Elle fronçait les sourcils et jaugea le trio masculin avec un regard sévère. Charles affichait une mine triomphale, cherchant une approbation complice dans le regard des hommes de loi.

– Madame Rouillard, je suis le lieutenant Marchand et voici l'adjudant Berthier. Nous enquêtons sur la mort de l'homme trouvé dans la forêt de Bercé.

– Ah, ça.

Pétronille Rouillard se détendit, soulagée que ce ne soit que *ça*. À quoi s'était-elle attendue pour qu'un meurtre lui redonne le sourire ? L'exaspération du lieutenant Marchand allait grandissant. Il était d'un naturel calme et pondéré et voilà que toutes les personnes liées de près ou de loin à l'enquête le mettaient chaque fois hors de lui. Il avait envie de malmener Pétronille Rouillard, de déstabiliser ces ventres mous et fiers. Un homme gisait dans la forêt de Bercé depuis au moins un an et personne ne s'intéressait à lui à part son équipe.

Sans Berthier dans la pièce, il aurait secoué le couple Rouillard. La présence du jeune gendarme l'obligeait à conserver sa posture de chef. Il avait déjà perdu patience trop souvent au cours des dernières heures.

– Il en a pas profité pour s'en boire un en douce, j'espère ?

– Laissez tranquilles ces messieurs, Pétronille. Ils ne sont pas venus entendre vos salades. Ils sont en service de toute façon et j'allais quand même pas boire tout seul.

– Comme si ça vous gênait…

La dispute de couple prenait une autre dimension avec le vouvoiement. Comme les gendarmes les observaient, Pétronille Rouillard en profita pour tenter de les mettre dans son camp.

– Il est complètement alcoolique, je suis obligée de le surveiller pour qu'il se flingue pas le foie. Le médecin a dit que c'était un miracle que ses organes aient pas encore lâché.

– Vous voulez pas non plus leur montrer mes radios ?

– C'est des flics, ils en ont vu d'autres.

– Des gendarmes, Pétronille. Ils sont militaires, contrairement aux policiers. C'est totalement différent.

Le lieutenant Marchand n'écoutait plus. Cette impression étrange qu'il avait ressentie en observant les nombreuses photos et peintures dans la pièce venait de le frapper à nouveau. Le couple trop occupé à se couvrir de reproches ne remarqua pas que Marchand faisait signe à Berthier de s'approcher.

– Il y a quelque chose dans ces peintures et ces photos… Je n'arrive pas à trouver ce que c'est. Jetez-y un œil, Berthier, s'il vous plaît.

L'adjudant se mit immédiatement au travail, détaillant chaque image avec une attention qui intrigua bientôt Charles Rouillard.

– Vous cherchez quelque chose ?

Berthier poursuivit son inspection sans réagir. Il prenait sa mission à cœur et son esprit était tout entier consacré aux images exposées dans la pièce. Un panaché de gravures, peintures, en couleur ou en noir et blanc, de tous les styles et tous les siècles, un éclectisme qui ratissait large, et pourtant dans ce patchwork artistique se détachait une constante intangible aux yeux de l'adjudant : le mauvais goût.

Marchand remercia le couple pour leur hospitalité, il insista sur la nécessité de le contacter si Charles Rouillard se souvenait d'un élément particulier à propos des appels anonymes. Cette injonction était avant tout un prétexte pour laisser du temps à son adjudant. Il n'attendait pas grand-chose de leur hôte, dans l'immédiat.

Charles les raccompagna jusqu'à leur voiture en tirant activement sur sa pipe pour chasser l'odeur du bourbon. Tous les prétextes étaient bons pour ne pas se trouver dans la même pièce que sa femme. Au moment où il leur souhaitait un joyeux Noël, une façon de dire qu'ils ne se reverraient pas d'ici là, Pétronille Rouillard hurla depuis la maison. Elle avait trouvé le verre caché sous le canapé. Il soupira avant de rentrer en poussant des cris encore plus forts pour tenter de reprendre le dessus.

C'était la deuxième fois de la journée que Marchand laissait conduire son adjudant. Les mains sur le volant, ce dernier sentait le regard insistant de son chef, impatient de savoir ce qu'il avait trouvé. Berthier savourait l'instant.

– Berthier ?

– Chef ?

– Vous allez me dire ce que vous avez trouvé ? Je vois bien votre air satisfait…

– C'était le tableau bucolique, la pie dans les fleurs… R.D.A.

– Eh bien quoi, R.D.A. ?

– C'est la signature en bas du tableau.

La révélation sauta à l'esprit du lieutenant.

– Vous avez raison, Berthier. R.D.A., comme René d'Ambricourt. Gédéon m'a dit que l'homme était également peintre à ses heures…

– C'est peut-être un hasard ? R.D.A. a déjà eu une autre signification dans le passé…

– Je suis d'accord, Berthier, mais le hasard, quand il rôde autour d'un cadavre, il faut s'en méfier. Si cette peinture est vraiment de la main de l'écrivain, c'est que le couple Rouillard et René d'Ambricourt sont plus proches qu'ils ne le prétendent. Et si Charles Rouillard nous a menti, c'est qu'il n'a pas la conscience tranquille.

Amaury Marchand attrapa son téléphone et consulta les derniers numéros appelés. Il n'attendit pas longtemps avant que son interlocuteur décroche.

– Gédéon ? Est-ce que tu te souviens comment René d'Ambricourt signait ses tableaux ?

Berthier devait lutter pour regarder la route plutôt que le visage de son chef. Ce dernier écoutait son ami épicier, impassible, et l'adjudant trépignait derrière son volant.

– Merci, Gédéon, avec plaisir pour une bière tout à l'heure.

Berthier évita de peu la sortie de route quand les roues glissèrent sur le bas-côté encore partiellement enneigé. Il jura, s'excusa d'avoir juré, et régula sa respiration pour se remettre de sa frayeur.

– Garez-vous, Berthier.

L'adjudant obéit à son chef, le visage rouge de honte. Il se sentait comme un enfant puni obligé de rendre son jouet parce qu'il a fait une bêtise. Pourtant, lorsque la voiture s'immobilisa, le lieutenant ne bougea pas. Il regardait par la fenêtre, fixant un point droit à travers la forêt humide. Seules quelques branches épaisses conservaient encore les traces blanches de la neige.

– Gédéon a oublié de quelle façon l'écrivain signe ses tableaux.

Marchand marqua une pause. Berthier ne savait pas quoi répondre. Il se demandait ce que son chef attendait de lui.

– En revanche, il se souvient parfaitement que René d'Ambricourt lui avait montré quatre tableaux représentant la forêt de Bercé à chaque saison. Un parterre de champignons pour l'automne, une clairière ensoleillée pour l'été, des arbres sous la neige pour l'hiver…

Il s'interrompit, contemplant les jeunes chênes sous leur neige discrète, puis il se retourna vers son adjoint.

– Et pour le printemps, une pie sur un pommier sauvage en fleurs. Faites demi-tour, Berthier. On retourne à la Bullardière.

***

Le major Spandoni croqua dans son sandwich aux rillettes à pleines dents. Même avec les cornichons, il jugeait ce repas en deçà des attentes pour la période. Il aimait l'époque de Noël justement pour sa gastronomie. Il songeait avec envie au chapon qu'il allait déguster dans deux jours… Les huîtres, le foie gras, les brioches à la fleur d'oranger, les sablés dans le chocolat à la crème, les bûches aux agrumes. Il parvenait à se faire saliver d'envie entre deux bouchées de sandwich aux rillettes. C'était à cause du lieutenant Marchand, « le chti », comme il l'appelait quand il n'était pas dans les parages. Il l'avait envoyé se geler dans sa voiture, à surveiller une vieille inoffensive, bien obligé de se contenter de sandwichs. Il savait que le lieutenant ne le portait pas dans son cœur et il se demandait si cette filature n'avait pas pour unique objectif de l'emmerder.

Il notait consciencieusement dans un petit carnet les allées et venues d'Odette Flanquet. Elles n'étaient pas nombreuses. Elle était partie faire quelques courses puis elle était retournée dans sa petite maison du centre-ville. Il pouvait la voir parfois derrière ses fins rideaux de dentelle. Elle passait des heures à lire, à remplir des grilles de mots croisés, à écrire son courrier, à discuter avec son mari… Ce n'est qu'en fin de journée qu'elle sortit à nouveau pour se rendre à quelques mètres de chez elle, au siège du club de lecture. Le major Spandoni devina la voiture de sa collègue, Clara Buisson, garée un peu plus loin. Cela signifiait que Suzanne Rouillard était également au club de lecture. Le major soupira. Elles pouvaient en avoir pour un moment, à papoter bouquins.

***

L'adjudant Clara Buisson prenait sa mission à cœur. Dès qu'on lui avait raconté comment ces deux vieilles femmes s'étaient étrangement réjouies de la découverte d'un cadavre, elle les avait aussitôt détestées. Elle n'aimait pas la mort, elle n'aimait pas non plus qu'on se moque d'elle.

La gendarme n'avait pas lâché Suzanne Rouillard d'une semelle et l'avait observée au fil de ses déplacements dans la ville. La vieille femme aimait parler, se vanter, elle était le genre qu'on déteste dans la queue à la boulangerie. Elle monopolisait l'attention, donnant son avis sur tout ce qu'il est possible de commenter, depuis la météo jusqu'à la politique extérieure du pays. En l'occurrence, elle profitait de la petite célébrité dont elle bénéficiait grâce à la découverte du corps. Elle avait sa photo dans le journal, elle jouait les modestes sans se priver de donner de nombreux détails. Sa personnalité égocentrée offrait au moins l'avantage à la gendarme de suivre sans être remarquée la vieille femme trop occupée à se contempler elle-même.

Clara Buisson comprenait que le lieutenant Marchand veuille qu'on garde un œil sur ces deux femmes, les conditions de la découverte du corps éveillant les soupçons, mais cette journée passée avec Suzanne Rouillard n'avait rien révélé.

Quand cette dernière rejoignit Odette Flanquet au club de lecture, Clara aperçut Spandoni dans sa voiture. Il avait probablement passé une journée similaire à la sienne, un mélange d'ennui et d'agacement. L'adjudant Berthier avait plus de chance, il était au cœur de l'enquête avec le chef… Elle aimait l'appeler ainsi, « adjudant Berthier », pour le taquiner. Il la reprenait à chaque fois, insistait pour qu'il l'appelle par son prénom. Enfin, pas tout à fait à chaque fois…

Elle avait remarqué qu'il aimait bien qu'elle lui glisse « mon adjudant » à l'oreille quand ils faisaient l'amour. Elle sourit en y pensant. Ils se voyaient en cachette même si elle était persuadée que Marchand était au courant. C'était un pacte implicite. Il ferait semblant de ne pas savoir tant qu'ils feraient semblant de ne pas être en couple. Le lieutenant les avait mis tous les deux de service la journée du 25 décembre pour qu'ils puissent passer le réveillon du 24 ensemble. Elle était persuadée que c'était volontaire. Elle avait hâte que l'adjudant Berthier découvre son cadeau… Passer une soirée de Noël ensemble, c'était un pas de plus dans leur vie de couple, une démarche quasi familiale. Clara sourit à cette douce évocation.

Il ne fallait pas que le bonheur l'endorme. Elle s'étira sans quitter des yeux le local du club de lecture. Son esprit vagabondait vers leurs projets d'avenir, leur vie de couple… Ils avaient rendez-vous après sa filature, dès que Suzanne Rouillard serait rentrée chez elle. Elle comptait bien faire parler son adjudant préféré, qu'il lui livre les avancées de la journée. Elle était du côté de l'enquête où il ne se passait rien et elle l'enviait d'être dans l'action, dans le sillon du chef.

Au moment où elle poussait un soupir de lassitude qui résonna dans l'habitacle, il lui sembla apercevoir une ombre glissant sur le toit du petit local. Le soleil avait largement entamé sa descente et la silhouette était apparue furtivement dans le faisceau d'un lampadaire faiblard. Est-ce qu'elle avait rêvé ? Elle avait l'impression qu'un individu s'était faufilé par les toits pour disparaître derrière le local. Il y avait probablement un jardin invisible depuis la rue, comme derrière la plupart des petites maisons du centre de Château-du-Loir. Ses doutes furent confirmés quand elle aperçut le major Spandoni sortir de sa voiture et s'approcher discrètement du bâtiment en lorgnant du côté du toit.

Elle se précipita hors de son véhicule pour le rejoindre en soufflant dans ses mains saisies par le froid.

– Toi aussi, tu as vu quelque chose ?

Le major Spandoni hocha la tête sans cesser son approche, le dos courbé, le regard rivé vers le toit. La rue était déserte. Les gendarmes tendaient l'oreille, aucun son suspect ne leur parvenait. Ils n'entendaient rien d'autre que le murmure lointain des voitures, un chien qui aboyait dans le voisinage… Le froid déjà intense et la promesse d'une météo encore plus glaciale dans les jours à venir n'incitaient pas à déambuler dans les rues. On préparait Noël au chaud dans les salons, entre le sapin et la cheminée, exactement là où les deux gendarmes auraient préféré se trouver.

Parvenus devant le bâtiment qui servait de local, ils explorèrent les maisons voisines, le nez en l'air, pour comprendre de quelle façon un individu avait pu atteindre les toits. C'est alors qu'un hurlement de terreur surgit derrière la porte du club de lecture.

Spandoni se précipita, suivi par Clara Buisson, et au moment où le major atteignait la porte, celle-ci s'ouvrit avec fracas, le propulsant en arrière dans un craquement inquiétant. Le militaire roula au sol en se tenant le visage tandis qu'un homme cagoulé se ruait hors du local. Clara Buisson se lança à la poursuite de l'individu. Au bout de quelques enjambées, la sentant dans son dos, il se retourna tranquillement et lui envoya un formidable coup de poing en plein visage.

Elle tomba en arrière, sonnée, eut le temps de percevoir les gémissements lointains du major, les cris apeurés de Suzanne et d'Odette, puis la rue se mit à tourner et elle sombra.

***

Pétronille Rouillard vint à la rencontre de Marchand et Berthier quand ils se garèrent entre les deux bâtiments de la Bullardière, une trentaine de minutes à peine après l'avoir quittée.

– Vous avez oublié quelque chose ?

– Nous souhaiterions éclaircir un point avec votre mari.

– Il est parti se promener.

Le lieutenant Marchand leva des sourcils étonnés. La nuit n'allait pas tarder à tomber et le froid humide ne donnait pas envie de s'aventurer à l'extérieur.

– La forêt, c'est son refuge, c'est ce qu'il dit. Pour pas que je vienne l'emmerder, ça, c'est moi qui le dis… Je peux laisser un message ?

– Vous pouvez peut-être nous aider, Madame Rouillard.

– Appelez-moi Pétronille. Rouillard, c'est le nom de mon mari.

Les gendarmes suivirent la femme dans le salon douillet où ils s'étaient entretenus avec Charles. Elle répéta presque exactement les mêmes gestes que ce dernier, se servant un bourbon avant de s'assoir dans le fauteuil confortable près de la cheminée. On avait ravivé le feu, les flammes hautes faisaient scintiller les boules et guirlandes du sapin accolé au meuble à alcools. Berthier avait toujours autant envie d'un verre dans cette atmosphère chaude, encore davantage avec le doux bruit du bois brûlé qui crépite.

– Depuis combien de temps connaissez-vous René d'Ambricourt ?

Le lieutenant Marchand avait posé la question en regardant Pétronille Rouillard dans les yeux, intéressé autant par sa réaction que par sa réponse. Il crut y déceler une crainte furtive, une lueur de panique. Elle était plus solide que son mari, sans doute plus maligne aussi. Elle dégageait une assurance dont Charles était dénué.

– On peut pas dire que je le connaisse. J'ai lu la plupart de ses bouquins, comme tout le monde dans le coin.

– Et ses peintures ?

Cette fois, Pétronille Rouillard ne parvint pas à dissimuler sa gêne et renversa un peu du contenu de son verre sur ses cuisses. Elle essuya son pantalon de velours du revers de la main, occupée surtout à s'échapper momentanément de l'interrogatoire.

– La signature sur ce tableau, « R.D.A. », c'est bien pour René d'Ambricourt ?

– Je ne sais pas… On l'a trouvé dans une brocante.

– Vous pouvez me donner les coordonnées de cette brocante ?

Berthier avait la curieuse sensation que Pétronille Rouillard était aussi inquiète qu'amusée par la tournure de cette discussion. Comme s'il s'agissait d'un jeu, un défi qui consistait à se sortir de cet échange sans y laisser trop de plumes. C'était sans doute à cause du faisan empaillé au-dessus de la cheminée que cette analogie sur les plumes lui était venue.

– En fait, c'était dans un vide-grenier. Le vide-grenier de Château-du-Loir, qui a lieu chaque année dans les rues de la ville. Un événement dans la région. Il y a tellement de monde, je ne pourrais pas vous dire à qui exactement nous l'avons acheté.

Il était évident que Pétronille mentait, elle n'essayait même pas d'être convaincante. Elle sirotait son bourbon en attendant, tout sourire, la prochaine question.

– Vous étiez au courant, pour l'énigme dans le livre de René d'Ambricourt ?

– Celle qui a permis à Suzanne et Odette de découvrir un cadavre ? Charles m'en avait parlé quand le type l'a contacté, il disait que c'était de l'argent facile.

– Vous n'avez pas trouvé que c'était étrange, cette demande anonyme rémunérée ?

– Plus rien ne m'étonne.

Elle avait prononcé cette sentence creuse avec arrogance. Elle s'amusait, ne s'en cachait pas, et prenait un malin plaisir à être le centre de l'attention des deux gendarmes. Au fond, songeait Marchand, elle devait souvent s'ennuyer.

– Avez-vous des problèmes d'argent ?

Elle grimaça malgré elle. C'était la deuxième fois que le lieutenant réussissait à lui faire perdre pied, cette fois il allait en profiter.

– C'est pour cette raison que votre mari a accepté de lancer les rumeurs en ligne sans se poser plus de questions. Tous ces tableaux, ce bourbon, cette belle ferme ancienne… Vous avez un train de vie à entretenir.

Le lieutenant se leva et s'approcha du feu. Il resta un moment à le contempler avant de saisir une lourde pince en métal qui servait à déplacer les bûches enflammées. Il agrippa une grosse braise rouge et l'approcha de lui pour mieux l'observer. Un faux mouvement et le bout incandescent tomberait sur l'épais tapis aux teintes bordeaux. Une provocation volontaire pour déstabiliser la propriétaire des lieux, car Marchand savait que ceux qui possèdent beaucoup ont peur plus que les autres d'en perdre même un peu.

– Le problème, Madame Rouillard, c'est que vous auriez dû vous inquiéter de cette demande anonyme. Parce que maintenant, vous êtes nos deux principaux suspects.

– Je ne vois pas pourquoi, on n'a rien fait.

Pétronille déglutit, les yeux absorbés par la braise au-dessus de son tapis en sursis. Le lieutenant la faisait tourner pour la contempler sous tous les angles.

– Quelqu'un s'est apparemment servi de cette énigme pour aller déposer un cadavre. Pour une raison qui nous échappe encore, cette personne a voulu qu'on la décode et que le corps soit découvert. Et pour l'instant, ce quelqu'un, c'est soit vous soit votre mari.

– On vous l'a déjà dit, c'est un type qui a appelé Charles pour lui demander.

– Pourquoi justement votre mari ?

– Comment ça ?

– Vous ne vous êtes pas posé cette question-là non plus ? À aucun moment vous ne vous êtes demandé si votre mari n'avait pas été choisi pour une bonne raison ?

Pétronille termina son verre d'un trait et se leva pour s'en resservir un nouveau. L'adjudant Berthier observait la scène en silence, il avait très envie d'aider son chef, mais il sentait que c'était en restant silencieux qu'il l'assisterait au mieux.

– Vous avez raison sur un point. Nos finances ne se portent pas bien… Le sud Sarthe, c'est un tout petit pays. Je ne serais pas étonnée qu'on en parle dans notre dos, qu'on se réjouisse en cachette de nos dettes. « Les Rouillard, avec leurs airs bourgeois, eh bien ils sont au cul ! » Ils doivent bien rire de nous. Alors oui, je ne me suis pas demandé pourquoi choisir Charles pour cette curieuse besogne, parce qu'au fond, je le sais : nos dettes sont de notoriété publique.

Le lieutenant Marchand remercia Pétronille Rouillard et la pria de leur envoyer son mari le lendemain matin à la première heure. Elle ne les raccompagna pas, préférant siroter son verre en contemplant les flammes dans la cheminée.

La nuit était tombée et la température avait encore chuté. Ce n'était toujours pas la vague glaciale attendue et le lieutenant soupira en entrant dans le quatre-quatre aux sièges froids. Les deux hommes avaient à peine bouclé leur ceinture que la sonnerie du téléphone de Marchand retentit. Lorsqu'il vit le nom de la brigadière Eva Duong s'afficher sur l'écran, il répondit en déclenchant le haut-parleur.

– Chef, Spandoni et Buisson ont été agressés devant le club de lecture des deux vieilles !

Le lieutenant démarra aussitôt en trombe.

– Ils vont bien ?

– La police municipale les a pris en charge. Ils sont aux urgences. Je suis seule à la gendarmerie, je ne peux pas abandonner mon poste…

– On est en route.

Le lieutenant Marchand déclencha sirène et gyrophare, fonçant dans la nuit vers l'hôpital de Château-du-Loir. Il devinait la silhouette rigide de Berthier, le regard perdu dans la contemplation d'un point, droit devant lui. Il était blême et ne décrocha pas un seul mot du trajet.

Le brigadier-chef Copin accueillit les gendarmes devant l'entrée des urgences. Avant même qu'ils n'aient eu le temps de poser la question, il les rassura, leurs collègues allaient bien.

– Votre homme a le nez fracturé et la fille a un joli coquard.

– Merci, Brigadier… Que s'est-il passé ?

– Ma femme était chez une amie qui habite près du club de lecture, elle m'a appelé quand elle a entendu les cris.

– Quels cris ?

– Les deux retraitées, celles qui ont trouvé le cadavre dans la forêt de Bercé, elles vous expliqueront. Elles sont là aussi. Elles n'ont rien, mais elles sont sous le choc.

Les gendarmes suivirent le policier dans l'hôpital décoré lui aussi aux couleurs de Noël. Il les conduisit dans une petite salle d'attente où une infirmière était en train de rire à gorge déployée tandis que Suzanne lui racontait une anecdote de jeunesse.

– Comment vous sentez-vous ?

Odette s'efforça de sourire pendant que Suzanne répondait à la question du lieutenant en changeant de place une boule sur le petit sapin artificiel qui trônait au milieu de la table des magazines.

– Comme deux pauvres femmes qui ont été violemment agressées, Lieutenant. Château-du-Loir était plus sûr dans ma jeunesse. On se demande à quoi vous servez…

– Racontez-moi ce qui s'est passé.

Marchand s'assit en face des deux femmes et ordonna à Berthier d'aller recueillir les témoignages de Spandoni et Buisson. L'adjudant remercia son chef, certain que celui-ci l'envoyait à dessein auprès de Clara.

– On était tranquillement en train de préparer la salle pour la prochaine session du club de lecture, celle où on va définir les futures acquisitions, organiser l'accueil des nouvelles recrues… On a reçu plus de dix nouvelles inscriptions ! On est des célébrités dans le coin maintenant, pas vrai Odette ?

L'amie de Suzanne s'épongea le front, elle n'avait pas l'air en grande forme. L'infirmière le remarqua et lui apporta un verre d'eau.

– Venons-en au fait, Madame Rouillard.

– Je vous ai dit de m'appeler Suzanne. Bref, la petite fenêtre qui donne sur le bout de jardin derrière le local, si on peut appeler ça un jardin, c'est plutôt une enclave, il n'y a rien qui pousse là-dedans, le soleil n'arrive même pas à…

– S'il vous plaît, Suzanne.

– Voilà, voilà, j'y viens. La fenêtre s'est ouverte d'un coup et un type qui portait une cagoule a surgi, il nous a fait signe de nous taire. Il avait l'air de chercher quelque chose, il a fouillé dans les placards, il a ouvert les livres empilés comme si un truc important pouvait être coincé dans les pages… Et Odette a craqué.

Suzanne secoua la tête, dépitée. Elle poussa un soupir exagérément agacé en regardant son amie encore sonnée.

– Elle s'est mise à hurler, le type a pris peur et s'est enfui par la porte cette fois. Et c'est là qu'il a mis K.O. vos deux collègues armés. C'est rassurant pour la protection des populations…

– Vous n'avez aucune idée de ce qu'il cherchait ?

– Non. Autant on avait la trouille que quelqu'un résolve l'énigme de René d'Ambricourt avant nous, autant maintenant, je ne vois pas ce qu'on a d'intéressant dans ce local. Si vous voulez mon avis, c'est de la jalousie.

– De la jalousie ?

– Oui, sûrement un club de lecture concurrent qui ne supporte pas les projecteurs sur nous. Une de nos nouvelles inscrites vient du club du Lude. Avec leur château m'as-tu-vu, ils l'ont sûrement mauvaise que nous autres, les modestes de Château-du-Loir, on ait un club en passe de les dépasser. Vous voulez les coordonnées de notre nouvelle recrue ? Elle pourra vous aiguiller.

– Je crois que je l'ai reconnu…

Odette avait murmuré d'une voix à peine audible. Le lieutenant s'approcha d'elle avec douceur, tandis que l'infirmière tenait la main de la vieille femme.

– Vous avez reconnu l'homme qui s'est introduit dans votre local ?

Elle acquiesça et sourit au gendarme, rassurée de l'avoir près d'elle.

– Je crois que c'est le petit Loutrel.

– Vous parlez des frères Loutrel ?

Odette hocha la tête une nouvelle fois. Marchand se souvint de ce que lui avait raconté le brigadier Goudeau à leur sujet et nota que c'était beaucoup, deux mentions dans la même journée. Suzanne reprit la parole qu'on lui avait retirée trop longtemps à son goût.

– Ça alors, je crois que t'as pas tort, mon Odette… Maintenant que tu le dis, il avait bien le regard du cadet. C'est fou ces yeux que tu as, Odette. Les champignons, les visages… Elle rate rien, celle-là ! Elle a raison, Monsieur le gendarme, je sais pas comment je l'ai pas reconnu tout de suite. C'est des teignes, les deux frangins.

Marchand se souvint que le brigadier Goudeau avait prévu de leur rendre visite dans l'après-midi. Il l'appela plusieurs fois sur son portable, sans succès, puis joignit finalement la gendarmerie. Eva Duong répondit immédiatement.

– C'est Marchand, je ne parviens pas à contacter Goudeau, il n'est pas dans les parages ?

– Non, il est parti il y a un moment, il allait interroger les frères Loutrel, je crois. Il y a un problème, chef ?

***

La ferme des Loutrel avait eu du panache à une lointaine époque. L'endroit s'était dégradé au fil des décennies. Les différents séjours en prison de ses occupants n'avaient pas facilité l'entretien de la vieille bâtisse. Adossé à sa voiture, le brigadier Goudeau observait la façade de vieilles pierres. Il attendait que l'un des frères vienne à sa rencontre, d'autant que les aboiements féroces qui provenaient de derrière la ferme n'encourageaient pas à s'y aventurer. À l'exception des chiens qui hurlaient, tout était calme, immobile.

Il entreprit de faire le tour de la ferme et avança avec prudence après avoir attrapé un bâton solide. Derrière la maison principale, il découvrit un jardin en friche au bout duquel une vieille grange qui avait en partie perdu son toit abritait des outils, un tracteur et même une caravane sans roue, posée sur des blocs de ciment. À côté de la grange, trois bergers allemands enfermés dans une grande cage sautaient rageusement en grognant et aboyant. Le brigadier espérait que leur prison était fermement verrouillée.

Des morceaux de ferraille jonchaient le sol terreux. Des mottes d'herbe avaient parfois réussi à pousser entre les déchets. Il continua de faire le tour en regardant par les vitres sales s'il y avait âme qui vive. La ferme semblait déserte et aucune voiture n'était garée nulle part.

Son collègue Berthier lui avait raconté s'être amusé, enfant, à s'aventurer avec des camarades autour de la ferme des Loutrel, pour se faire peur. Elle était invisible depuis la route, perdue au milieu de champs et de terrains en friche, ce qui la rendait encore plus inquiétante une fois qu'on s'en approchait.

Le brigadier Maxence Goudeau s'apprêtait à quitter les lieux quand un changement dans l'attitude des chiens l'alerta. Il observa les bergers qui sautaient encore dans leur prison de métal à l'autre bout du terrain, mais ils ne grognaient plus. Ils émettaient des jappements aigus, des suppliques animales. Il crut alors percevoir une silhouette accroupie derrière la cage. Quand il entendit le cliquetis métallique, il comprit. Trop tard.

Il rassembla toute son énergie et commença à courir. Il sentit dès les premiers mètres le trio de chiens enragés à sa poursuite. Ses yeux étaient braqués vers le sol pour éviter de se prendre les pieds dans un débris qui le jetterait à terre et le laisserait à la merci des bergers allemands. Son bâton toujours à la main était une arme trop maigre, il s'y agrippait malgré tout. Il ne lui restait que quelques dizaines de mètres à parcourir jusqu'à sa voiture mais cette distance lui semblait infinie. Il savait qu'il ne parviendrait pas à l'atteindre à temps.

Il redoubla d'efforts au moment de contourner le bâtiment, son véhicule enfin dans son champ de vision. Il ne lui restait que quelques enjambées quand il sentit dans son dos qu'un des chiens était sur le point de lui sauter dessus. Il se retourna au moment où la bête se jetait sur lui. Il mit le bras en défense et les crocs se plantèrent dans son épais manteau d'hiver. Malgré l'épaisseur de son habit, il poussa un hurlement au contact de la pointe des dents dans sa chair. Il frappa dans l'air avec son bâton, frôlant à peine l'animal déchaîné. En secouant son bras meurtri, il parvint à faire balancer le chien qui donnait involontairement des coups de pattes dans la gueule de ses deux compères et bloquait momentanément leur attaque.

Au prix d'un ultime effort et en usant de son bâton pour faire reculer la petite meute, Maxence Goudeau réussit à se contorsionner et se débarrasser de son manteau toujours coincé dans la mâchoire du molosse. Il s'engouffra ensuite dans sa voiture. Au moment de claquer la portière derrière lui, un des chiens réussit à glisser sa tête. Le gendarme hurla de rage en tirant la portière de toutes ses forces. Elle claqua dans un bruit sourd. L'animal se dégagea avant de s'éloigner en titubant, silencieux, sonné par le coup. Le brigadier était maintenant à l'abri dans sa voiture, le bras en feu et sans manteau. Il tentait de reprendre une respiration normale. Passé le soulagement d'être tiré d'affaire, il réalisa que les clés de la voiture ainsi que son téléphone portable étaient dans la poche de l'habit qui traînait par terre à quelques mètres, au milieu du trio canin.

Et comme il était venu avec son véhicule personnel, il n'avait pas non plus de radio pour alerter ses collègues. Sans son manteau, et l'adrénaline retombant, il commença à sentir le froid qui allait progressivement envahir son corps. Il cherchait une solution. Évidemment, il pouvait sortir son arme et tirer sur les chiens, mais cette idée le répugnait. Deux bergers allemands tentaient encore de pénétrer dans l'habitacle, mordant les pare-chocs, bondissant jusqu'à la fenêtre.

Le troisième, celui qui avait coincé sa tête dans la portière, était assis un peu plus loin. Il ne se remettait pas du choc et cela attristait le brigadier Goudeau de voir cet animal blessé. Il n'en voulait pas à ces trois bêtes. Il avait surtout envie de corriger celui qui avait ouvert la cage. Il s'attendait à ce que le maître, l'un des frères Loutrel, surgisse, rappelle ses chiens, mais il n'y avait personne. La nuit commençait à tomber et il semblait qu'on avait décidé de le laisser là.

Il klaxonna une première fois. Puis une deuxième, plus longue. Au bout de quelques minutes, il écrasait le klaxon, espérant alerter un voisin ou exaspérer les chiens. Il s'arrêta lorsqu'une lumière s'alluma dans la ferme. Il entrouvrit la fenêtre et appela de toutes ses forces, mais les aboiements des deux chiens redoublèrent.

Goudeau devinait une silhouette derrière les carreaux sales. L'individu était visiblement au téléphone. Il lui tournait le dos, ignorant délibérément son existence. Il agitait le combiné, bougeait les bras dans des gestes de colère et il raccrocha avec rage. Il disparut ensuite du champ de vision du gendarme. La porte de la ferme s'ouvrit et l'homme en sortit, un fusil de chasse à la main. Il braqua l'arme vers la voiture du brigadier qui chercha son pistolet dans son holster. Une détonation retentit et Goudeau sentit la voiture trembler. Une volée de plombs avait été tirée dans sa roue avant.

– Laisse ton arme là où elle est. Montre-moi tes mains.

Le brigadier Goudeau posa ses paumes à plat sur la vitre, il tremblait. Les deux bergers allemands essayaient de mordre ses doigts et laissaient des traces de bave quand leurs babines s'écrasaient contre le verre. Le gendarme reconnut l'aîné des frères Loutrel.

– Fais pas le con, Pierre, baisse ton fusil et rappelle tes chiens !

– Jette ton flingue par la fenêtre et je te laisse partir.

– Tu sais très bien que je ne peux pas faire ça…

Pierre Loutrel braqua son fusil sur Goudeau, incapable de bouger, pétrifié par la peur. Le propriétaire des lieux hésita un instant, effectua un léger mouvement et tira. Le gendarme se coucha par réflexe quand la vitre arrière de la voiture explosa.

Un des chiens bondit aussitôt dans l'habitacle en grognant. Excité par la rage accumulée, l'animal se cogna plusieurs fois au siège en essayant de mordre Maxence Goudeau. Et quand il ajusta enfin son saut, le deuxième chien traversa à son tour la fenêtre pour avoir sa part, le bousculant au passage. Les deux chiens échangèrent des coups de canines de mécontentement et le brigadier en profita pour s'échapper côté passager.

Il referma la porte et courut à perdre haleine sur le chemin de terre qui menait à la route. Il en avait pour au moins deux cents mètres et espérait que les molosses mettraient du temps à s'échapper de la voiture.

Il commençait à ressentir la brûlure de l'effort qui enflammait sa gorge quand il entendit à nouveau les aboiements. Les chiens étaient à sa poursuite. Le gendarme ralentit sa course, conscient que c'était inutile de chercher à fuir. Il porta la main à sa ceinture et sortit son pistolet à contrecœur. C'est alors qu'il aperçut les phares d'une voiture s'approcher dans la nuit. Il pouvait peut-être tenter sa chance. Il reprit sa course en criant pour se donner du courage : les chiens gagnaient du terrain. Leurs cris rauques ne cachaient pas leur intention de le déchiqueter une fois pour toutes.

Le véhicule eut tout juste le temps de freiner quand Goudeau plongea sur le pare-brise avant de ramper jusqu'au toit. Un chien avait sauté derrière lui et était suspendu à la cheville du brigadier qui hurlait. Les portières de la voiture s'ouvrirent, Eva Duong et Amaury Marchand frappèrent à coups de matraque les deux bergers allemands qui s'enfuirent finalement en glapissant.

Goudeau s'affaissa sur le pare-brise, son pistolet toujours à la main. Il s'appliqua à articuler, en tâchant de reprendre progressivement son souffle.

– Chef… c'est Pierre Loutrel, il m'a tiré dessus… Il a lâché ses chiens…

Le lieutenant et la brigadière imitèrent leur collègue en échangeant les matraques contre leurs pistolets. Ils guettaient le danger autour d'eux dans la nuit noire. Ils aperçurent alors les phares d'une voiture arrivant au loin dans leur direction, par le même chemin qu'ils venaient d'emprunter. Marchand éteignit les lumières de son véhicule et ordonna à ses deux brigadiers de se tenir prêts.

La voiture approchait à vive allure et pila à temps en découvrant un quatre-quatre tous feux éteints qui lui barrait la route. Quand le conducteur reconnut les peintures et sigles de la gendarmerie, il tenta une marche arrière, en vain. La portière s'était déjà ouverte et une main était en train de l'arracher à son volant. Eva Duong braqua sa lampe de poche sur le visage de l'homme que son chef venait d'extirper.

Goudeau l'identifia sans hésitation. Il s'agissait d'Arthur Loutrel, le cadet des deux frères, celui qu'on surnommait « le petit Loutrel ».

***

Clara Buisson profitait de la situation. Cette peur rétrospective qu'avait eue l'adjudant Berthier en apprenant son agression le rendait particulièrement prévenant à son égard. Il l'avait ramenée chez elle après le feu vert des médecins, il avait préparé le dîner, l'avait massée et avait répondu à toutes ses questions à propos de l'avancée de l'enquête… Il se sentait coupable et évitait maladroitement de lorgner du côté de son œil violet. Clara était touchée par ses attentions. Sa paupière gauche était totalement fermée par une boursoufflure mauve foncé et elle observait son amoureux de son unique œil vaillant.

Elle était allongée dans le canapé pendant qu'il peaufinait les derniers ajustements sur le sapin de Noël qui attendait ses décorations depuis deux bonnes semaines. Boules et guirlandes étaient mal réparties, certaines zones du sapin étaient nues quand d'autres étaient trop chargées. Elle adorait cette approximation qu'elle considérait le regard attendri, en souriant. Elle lui faisait oublier le coup de poing magistral qu'elle avait reçu quelques heures plus tôt.

***

Spandoni consacra l'essentiel de sa soirée à expliquer à sa femme et son fils de cinq ans combien il s'était conduit en héros, bravant le danger pour protéger les vieilles femmes ainsi que sa fragile coéquipière. Les deux paires d'yeux brillaient d'admiration, on buvait ses paroles autour de la table à manger. L'enfant réclamait désormais qu'on rappelle le père Noël pour qu'il lui apporte une tenue de gendarme comme papa tandis que l'épouse retombait amoureuse de son courageux chevalier.

L'ambiance spectaculaire de ce froid soir de décembre ne fut ternie que par le fils riant à gorge déployée lorsque son père tenta d'imiter le dangereux criminel qui l'avait attaqué. Le pansement qui couvrait son nez lui donnait un vague air de clown et même sa femme avait parfois du mal à garder son sérieux au fil de sa narration emportée. Vexé qu'on s'amuse de sa souffrance héroïque, il en avait profité pour déplacer la conversation vers la mauvaise gestion du lieutenant Marchand. La gendarmerie de Château-du-Loir avait besoin d'un vrai leader, d'un type comme lui, prêt à protéger les habitants sur le terrain. Il accusa longuement son chef de se pavaner dans son bel uniforme, de gesticuler partout pour être vu, sous le prétexte de mener son enquête. Et d'ailleurs, avait-il ajouté plein de mépris, si Marchand lui avait demandé de surveiller une vieille dame, c'était pour le tenir éloigné. Son chef était stupide, mais pas au point de comprendre le risque immense pour sa carrière d'avoir un type de sa trempe dans son équipe.

Spandoni en venait même à se demander si le lieutenant Marchand, sachant les deux vieilles femmes en danger, n'avait pas volontairement envoyé Spandoni au cœur de la menace dans l'espoir qu'il soit un dommage collatéral… Sa femme trouva alors qu'il exagérait, elle lui demanda de ne pas évoquer ces sujets devant le petit et lui resservit une bière. Il avait cessé son discours mêlant autosatisfaction et critique de la hiérarchie pour s'accorder une rasade houblonnée. C'était une soirée ordinaire, en somme, chez la famille Spandoni. Le nez cassé mis à part et la petite aiguille plantée dans l'inconscient du gendarme.

Car dans la contemplation du liquide jaune et mousseux, il réfléchissait malgré tout un peu plus loin que ce qu'il partageait avec sa famille. Il savait, au fond de lui, qu'il exagérait sa bravoure et les calculs machiavéliques de son chef… Il aimait le calme qu'offrait le sud de la Sarthe, sa douceur de vivre sans chichi ni paillette. Et la petite aiguille qui lui piquait l'inconscient le dérangeait, il sentait qu'elle lui promettait un avenir proche désagréable. Qu'est-ce qui provoquait ce malaise ? Comment interpréter cette épine dans son monde carré ?

Le major fut sorti de ses pensées par son fils agitant sous ses yeux une boule de Noël rouge vif qui avait roulé du sapin jusqu'à la table où ils dînaient. Il la brandissait fièrement vers son père qui aperçut son visage en reflet dans le miroir déformant et rouge où son nez bandé semblait monstrueux.

***

À peine Marchand avait-il pénétré dans son pavillon trop grand qu'il s'effondra dans le canapé, épuisé par sa journée. Ils avaient placé Arthur Loutrel en garde à vue et organisé une vague battue pour retrouver son frère Pierre, en vain. Ils n'étaient pas suffisamment nombreux. Il avait fallu également contacter des spécialistes pour s'occuper des trois chiens puis organiser la protection de Suzanne Rouillard et Odette Flanquet.

On avait demandé aux deux femmes de loger sous le même toit pour faciliter la surveillance, Odette s'était donc installée chez Suzanne avec son mari. Ils dormaient dans la chambre habituellement prévue pour les petits-enfants. Eva Duong s'était portée volontaire pour passer la nuit sur le canapé dans le salon et assurer la sécurité de l'habitation.

Le lieutenant songeait que sa brigade ne tiendrait pas longtemps si on continuait d'amocher ses équipes. Il ne comprenait pas pourquoi Arthur Loutrel avait pénétré dans le local du club de lecture, si seulement c'était bien lui… Il avait refusé de répondre aux questions. Marchand ne comprenait pas non plus pourquoi son frère avait tiré sur un gendarme avant de s'enfuir. Toute cette histoire n'avait aucun sens.

Son téléphone sonna. C'était la troisième fois que son ami Gédéon tentait de le joindre. Plus tôt dans la journée, le lieutenant avait accepté la proposition de le rejoindre dans sa boutique pour boire une bière, mais il n'en avait plus la force. Même répondre au téléphone lui semblait un impossible effort. Il n’avait pas hâte de ce qui l’attendait le lendemain. Le petit son aigu caractéristique retentit : Gédéon lui avait laissé un message. Le lieutenant eut à peine le temps de se dire qu’il l’écouterait plus tard qu’il était déjà endormi.

INTERLUDE 2

– Un joli paquet cadeau avec un nœud, ce serait possible ? C'est pour offrir.

Le libraire ex-vendeur de produits bio s'était exécuté, son bonnet vert sur la tête, non sans soupirer bruyamment. C'était légitime, l'heure de fermeture était officiellement dépassée.

J'avais finalement déniché le livre recherché dans le rayon des nouveautés de la littérature générale. Ce polar sanglant s'était égaré au milieu de la littérature blanche. C'était à cette erreur de classement que je devais mon sursis avant mise à la porte. On ne pouvait me faire endosser la responsabilité de ce mauvais aiguillage. J'aurais droit à mon emballage puis il faudrait que je parte, c'était sans appel. Et c'était mon intention.

Il n'allait pas tarder à arriver.

Le libraire s'était appliqué, les plis étaient égaux, le ruban bien centré, il n'avait pas bâclé son paquet. C'était d'autant plus remarquable qu'il avait su rester parfaitement concentré à sa tâche tout en m'interrogeant, mine de rien, sur ma connaissance de l'affaire René d'Ambricourt. Il était intrigué par tout ce que je lui avais raconté à ce sujet. Il avait très envie de rentrer chez lui préparer son réveillon, mais il avait aussi très envie de savoir. Vouloir savoir, quand ça vous prend, il n'y a pas de drogue pire. Il avait donc fait la conversation, l'air détaché, tout en déchirant des morceaux de ruban adhésif et des bouts de papier cadeau pour terminer son œuvre.

– Vous êtes vachement au courant, je sens bien que vous avez joué un rôle dans cette affaire. Votre tête me dit un truc, d'ailleurs... Vous étiez dans le journal, non ?

Je n'avais pas répondu à ses questions multiples entrecoupées d'affirmations plus ou moins interrogatives, elles aussi. Je n'avais en fait écouté que d'une oreille distraite, lançant des coups d'œil réguliers par-dessus son épaule, afin de guetter l'arrivée de celui que j'attendais.

Il allait venir, je n'en doutais pas un seul instant. Il devait avoir le goût des arrivées de dernière minute, quand tout fermait, ou alors il était un peu plus lent que je ne l'avais imaginé. Qu'importe, la buvette à l'entrée du Leclerc avait des horaires décalés. Nous aurions le temps de nous assoir, de boire un verre et de discuter de ce qu'il fallait avant de repartir vers nos vies respectives, la sienne ébranlée pour toujours.

J'avais eu du mal à cacher ma satisfaction lorsque le libraire avait tendu le paquet à l'exact instant où celui que j'attendais avait fait son entrée par la porte vitrée à battants du centre commercial.

Il avait scruté la petite foule à contresens qui quittait le Leclerc en voie de fermeture, me cherchant au milieu des clients. J'avais levé la main pour lui faciliter la tâche avant d'indiquer du menton la buvette coincée sur le côté, entre la librairie où je me trouvais et le sas d'entrée où il restait planté comme un piquet. Il avait attendu que je passe le portillon de la librairie, mon paquet à la main, et que je m'assoie sur une banquette en simili cuir à une table en formica pour daigner enfin faire quelques pas dans ma direction.

CHAPITRE 3

La gendarmerie de Château-du-Loir se trouvait en vérité dans le petit village voisin de Luceau qui s'était fait déposséder de ce bâtiment par l'usage oral, tout le monde oubliant la réalité géographique exacte. De la même façon, le Leclerc de Château-du-Loir était situé sur la commune de Vouvray-sur-Loir, mais les plus grandes villes ont ce pouvoir-là d'engloutir ce qui les frôle de trop près. Luceau et Vouvray s'étaient fait symboliquement amputer un bout de leur patrimoine.

Or, dans le village de Luceau qui abritait lui aussi un supermarché pourtant prisé dans la région, on avait rarement vu autant de monde. La gendarmerie était assiégée par une horde de journalistes et le lieutenant Marchand jura contre cette masse venue des quatre coins de France et qui l'empêchait de se garer.

Il s'échappa tant bien que mal des voix qui tentaient de lui arracher des informations et il préféra ignorer les insultes dans son dos quand il pénétra dans sa gendarmerie bétonnée et rassurante sans leur avoir adressé un seul mot. Les journalistes étaient transis de froid, de la fumée était sortie de leur bouche quand ils avaient cherché à l'interroger et même s'il les avait snobés, il ne pouvait s'empêcher de les plaindre.

Il ne leur reprochait rien de particulier, mais ils lui rappelaient que son enquête stagnait. Les problèmes s'accumulaient, les solutions beaucoup moins. Et en entrant dans son bureau, la promesse de nouveaux soucis l'assaillit aussitôt.

Le maire de Château-du-Loir l'y attendait, les traits tirés, le visage fatigué. Thierry Gouyé avait entamé son premier mandat depuis peu et avait immédiatement déchanté. La position de chef était inconfortable, c'était peu de le dire. Il n'était pas politicien. Il dirigeait une ville intermédiaire, à cheval entre le petit patelin de campagne qui se manœuvre dans la proximité en tutoyant tout le monde et la ville moyenne qui exige de s'encarter et de sourire sur les photos. Château-du-Loir était exactement entre les deux. À l'image de sa situation géographique à équidistance parfaite entre Le Mans et Tours, les deux rivales qui se disputaient la meilleure prestance, avec un avantage pour Tours qui possédait plus de châteaux de la Loire dans son sillon et une aura historique en sa faveur.

Gédéon avait expliqué à Marchand que ces trois villes avaient une relation façon Cendrillon et la pantoufle de vair. Le Mans et Tours étaient les belles-sœurs méprisantes envers Château-du-Loir, la pauvre cadette malmenée. À la différence qu'il y avait peu de chances de voir un jour Château-du-Loir transformée en princesse. Gédéon ne pouvait pourtant s'empêcher de l'espérer. Après tout, le roi Geoffroy V d'Anjou, à l'origine de la dynastie des Plantagenêts, était mort d'hydrocution à Château-du-Loir. Ce n'était pas rien.

Thierry Gouyé était las, vautré dans le fauteuil des invités avec une dignité entamée par les soucis accumulés. En tant que maire, rencontrer le chef de la gendarmerie était la logique même au vu des récents événements, mais il avait envie d'être ailleurs, très loin.

– Dites-moi tout, Amaury.

– Café ?

Le maire soupira et regarda sa montre.

– Ça va être si long que ça ?

– Il y a le corps retrouvé dans la forêt de Bercé…

– C'est à Jupilles que ça se passe, pas à Château-du-Loir, chacun ses emmerdes. Quoi d'autre ?

– L'intrusion dans le local du club de lecture.

– Et il y a l'affaire des boules et de l'âne, non ?

– Oui, c'est vrai.

Thierry Gouyé sirotait bruyamment le café trop chaud que lui avait servi le gendarme.

– Vous avez avancé sur l'une ou l'autre de ces affaires ?

– A priori, nous avons arrêté l'homme entré par effraction au club.

– A priori ?

– Il n'a pas avoué, mais les deux femmes l'ont reconnu.

Le maire se leva et regarda machinalement par la fenêtre où attendaient des journalistes. Un crépitement de flash vint l'éblouir et il recula d'un pas, sans quitter des yeux le ciel grisâtre.

– J'imagine que l'âne et les boules, c'est moins votre priorité… Une piste ?

– Pas vraiment.

– Vous savez ce qu'il y a dans deux jours, Lieutenant ?

– Noël ?

– Exact, Noël. Et j'aimerais passer des fêtes paisibles. Vous pensez pouvoir ramener cette ville à sa morne tranquillité d'ici là ? On ne profite pas assez de son ennui quand on peut, Lieutenant.

Marchand resta silencieux. Il n'avait aucune piste réellement solide et ne voulait rien promettre.

– Et comme si c'était pas suffisant…

Thierry Gouyé termina son café désormais tiède d'un trait et se retourna vers Marchand en pointant un doigt vers le ciel.

– La vague glaciale arrive ce soir.

***

Le maire à peine parti, Berthier annonça à son chef que Charles Rouillard était arrivé. L'homme attendait dans l'entrée, sur le même siège où sa mère,

Suzanne Rouillard, était venue planter la première graine des problèmes à venir, deux jours plus tôt. Le chef salua Goudeau qui venait de prendre son tour de garde à l'accueil malgré sa soirée mouvementée de la veille. Il s'en était sorti avec quelques hématomes sur le bras et une douleur raisonnable à la cheville. Si sa nuit avait été agitée, c'était surtout à cause de l'image du chien assommé par sa portière de voiture qui revenait le hanter. La pauvre bête n'était plus elle-même depuis. Le vétérinaire qui s'était chargé de récupérer les chiens avec son équipe lui avait confirmé que le berger allemand avait dû avoir un choc au cerveau qui l'avait rendu apathique. Goudeau en voulait à Pierre Loutrel de l'avoir obligé à malmener un animal.

Berthier et Marchand invitèrent Charles Rouillard à les suivre dans la salle d'interrogatoire. Leur déambulation dans la petite gendarmerie les amena à passer devant la cellule où somnolait Arthur Loutrel depuis la veille. Marchand, qui avançait dans les pas de Charles Rouillard, vit ce dernier défaillir en croisant le regard du gardé à vue. Son corps s'affaissa sur lui-même un bref instant, il se retint au mur, bafouilla qu'il manquait de sommeil et sourit exagérément pour donner le change.

Arthur Loutrel avait réussi à le déstabiliser par sa simple présence. Il pouvait y avoir de multiples raisons à cette réaction et Amaury Marchand avait bien l'intention de découvrir l'origine de cette fébrilité soudaine. Il était d'autant plus étonné que si Charles Rouillard avait perdu tout contrôle, Arthur Loutrel était resté de marbre. Il n'avait pas eu besoin d'un seul mouvement menaçant, ni même d'un sourire entendu... Quel rapport de force le petit délinquant avait-il réussi à mettre en place ?

– Vous connaissez les frères Loutrel ?

Le lieutenant n'avait aucune intention de ménager leur témoin. Il avait posé la question à la seconde où ils s'étaient assis dans la salle d'interrogatoire.

– De réputation... comme tout le monde dans le coin.

– Ils vous font peur ?

Charles Rouillard essaya de rester digne, il rit trop fort, comme si la question était absurde, se toucha le menton pour se donner une contenance. C'était trop tard et il le savait. Même l'adjudant Berthier qui n'avait pas assisté à sa défaillance face au délinquant somnolent comprenait que Charles perdait déjà pied.

– Ne nous faites pas perdre notre temps, Monsieur Rouillard. J'ai bien vu comment Arthur Loutrel vous a mis à terre d'un simple regard. Je commence à comprendre vers où on se dirige. Vous jetez un pavé sur les forums autour de l'énigme de René d'Ambricourt, votre mère et sa vieille amie découvrent le corps, puis le cadet Loutrel les agresse dans leur club de lecture en même temps que l'aîné Loutrel tire sur un de mes hommes avant de s'évaporer dans la nature. Il y a beaucoup de ramifications, je vous l'accorde, mais je vois déjà que les Rouillard et les Loutrel sont le dénominateur commun.

– Vous n'y êtes pas du tout, Commissaire…

Marchand ne releva pas l'erreur du « lieutenant » qui avait disparu au profit du « commissaire ». Il sourit au contraire intérieurement, Charles était en train de paniquer. Tout dans sa posture indiquait la confusion. Et il est connu qu'un animal désorienté est plus facile à attraper, surtout un animal comme Charles Rouillard, alcoolique et apeuré.

– C'est vrai que je connais les Loutrel, mais ça n'a rien à voir avec René d'Ambricourt. Pas directement en tout cas.

– Expliquez-nous.

– Je leur dois de l'argent.

– Beaucoup ?

– Suffisamment pour ne pas avoir hésité quand un inconnu a proposé de me payer pour parler de l'énigme sur internet.

Eva Duong avait assuré à son chef que la personne qui avait révélé l'existence de l'énigme sur les forums ne maîtrisait pas les codes d'internet. L'individu qui avait fait appel à Charles Rouillard n'avait pas cherché la discrétion ou l'expertise. Charles Rouillard avait été choisi parce qu'il ne pouvait pas refuser. Il restait à savoir combien de personnes étaient au courant qu'il était endetté. Pétronille Rouillard avait assuré que leur situation financière était connue de tous, mais le lieutenant avait la conviction que cela n'avait pas suffi.

Des personnes qui ont besoin d'argent, ça ne manquait pas dans la région. Le maire de Château-du-Loir le lui avait souvent répété. Il lui demandait de faire respecter la loi avec bienveillance et de ne pas assommer les habitants d'amendes qui rendraient leur quotidien encore plus difficile.

Il en était convaincu, Charles Rouillard avait été choisi avec soin. À la fois endetté auprès de gens peu recommandables et fils de Suzanne Rouillard, il avait le profil idéal. Parmi les nombreux points étranges dans cette affaire, l'un intriguait particulièrement le gendarme. Comment Suzanne et Odette avaient-elles réussi à résoudre cette énigme avant tout le monde ? Il passa à l'étape suivante avec son témoin : le rapprochement et la douceur.

– Charles, est-ce que vous connaissiez la réponse à l'énigme lorsque vous avez partagé son existence sur internet ?

– Je vous jure que non, si j'avais su qu'il y avait un meurtre derrière cette histoire…

Il n'osa pas terminer sa phrase, conscient que son aveu d'endettement auprès de délinquants notoires ne lui permettait pas vraiment de se positionner en homme à la probité impeccable. Marchand tâchait de jauger les aptitudes au mensonge de Charles Rouillard. Peut-être qu'il n'avait pas su que l'énigme cachait un cadavre, peut-être qu'il l'avait appris plus tard dans la presse… Il n'avait servi que d'improbable messager. Même si les motivations du commanditaire restaient mystérieuses pour l'instant.

Pourquoi vouloir que le cadavre soit trouvé ? Pour faire accuser René d'Ambricourt ?

Charles Rouillard ne lui disait pas tout. Il voyait sur son visage rougi par des années d'abus d'alcool qu'il y avait un accroc. Il distillait les vérités, les choisissait pour mieux dissimuler le reste. Le lieutenant l'observait avec curiosité. Comment cet homme apparemment bien né en était arrivé là ?

– Est-ce que c'est vous qui avez parlé de l'énigme à votre mère ?

– Oui. Je savais qu'elle adorait René d'Ambricourt. À partir du moment où on me payait pour que l'info circule…

– Et ensuite, votre mère et son amie Odette ont décodé l'énigme.

– C'est une question ?

Marchand soupira bruyamment. Charles Rouillard regardait tour à tour les deux gendarmes, ne comprenant pas où ils voulaient en venir.

– Je pense que quelqu'un leur a soufflé la réponse.

– Je vous ai déjà dit que c'était pas moi.

Le lieutenant nota que le fils n'avait pas cherché à défendre les capacités de sa mère à résoudre seule une énigme. Peut-être savait-il qui avait donné un coup de pouce aux deux femmes, il était quoi qu'il en soit lui-même persuadé qu'elles étaient incapables d'avoir trouvé avant tout le monde.

Le téléphone de Marchand vibra au fond de sa poche. Il ne reconnaissait pas le numéro et répondit d'un « allô » impatient qu'il regretta aussitôt.

L'adjudant Berthier observa son chef changer d'attitude au fur et à mesure de la conversation. Il hochait la tête, répondait par onomatopées, remerciait beaucoup, visiblement satisfait. Lorsqu'il raccrocha, il remercia Charles Rouillard de s'être déplacé et pria l'adjudant de le conduire jusqu'à sa voiture pour l'aider à se frayer un chemin au milieu des journalistes.

Berthier avait hâte de se débarrasser de son témoin pour savoir ce que son chef avait appris. Contrairement à sa mère qui avait un penchant pour les projecteurs, Charles Rouillard en avait surtout un pour les boissons fortes. Il ne répondit à aucune sollicitation des journalistes, trop impatient de rentrer chez lui boire l'apéritif avant le déjeuner. L'adjudant s'apprêtait à retourner dans la gendarmerie quand la voiture de Clara Buisson pénétra dans le parking.

Les journalistes qui avaient eu vent de l'agression de la veille cherchèrent à immortaliser le visage abîmé de la jolie gendarme, mais la capuche de sa doudoune dissimulait son œil au beurre noir. Berthier l'aida à s'extirper de la foule de journalistes qui avait fortement diminué mais qui accueillait toujours les plus obstinés d'entre eux. Les deux amants dépensaient beaucoup d'énergie à entretenir des liens parfaitement formels dès lors qu'ils se côtoyaient au sein de la gendarmerie. À tel point que toute personne venant de l'extérieur aurait pu croire qu'ils étaient en froid.

Maxence Goudeau accueillit sa collègue avec un large sourire, dévoilant ses hématomes au bras pour montrer qu'elle n'était pas la seule à avoir passé une soirée agitée. Clara Buisson fit semblant de lui faire un clin d'œil de sa paupière enflée et ils gloussèrent de leur complicité d'amochés. L'adjudant Berthier en ressentit une pointe de jalousie. Non de voir Clara rire avec un autre, mais de ne pas avoir été dans l'action comme ses deux collègues. Il suivait le chef depuis le début de l'enquête et jusqu'à maintenant, cette position l'avait mis à l'abri.

– Je suis venue rendre visite au type qui m'a tapé dans l'œil…

Goudeau rit de plus belle, amusé par le jeu de mots autant que par le visage pivoine de l'adjudant Berthier. Ce dernier suivit Clara dans les couloirs mais Marchand les arrêta avant qu'ils n'aient atteint la cellule où attendait Arthur Loutrel.

– Vous tombez bien, Buisson. Je vais avoir besoin de monde. Venez tous les deux dans mon bureau.

Le lieutenant prit soin de fermer la porte derrière eux avant de leur raconter la première vague bonne nouvelle depuis le début de l'affaire.

– C'est l'IRCGN qui vient de m'appeler. Grâce à Noël, ils ont été particulièrement rapides.

– À Noël ?

– D'habitude, les analyses ADN prennent plus de temps, mais le labo veut passer les fêtes l'esprit serein.

– On sait qui est le cadavre ?

– Il s'agit de Christian de Magne. Sa demi-sœur, Christine de Magne, est venue avant-hier, son demi-frère a disparu il y a un an et elle nous a laissé un échantillon de salive. Ils ont 25 % d'ADN commun, ça correspond, et ils ont pu faire une comparaison d'empreintes digitales pour confirmer. Concernant la cause de la mort, c'est vraisemblablement une hémorragie cérébrale consécutive à un choc sur la tête. Il avait l'arrière du crâne en miettes. C'est tout ce qu'ils ont. Ils ne savent pas si le corps a été transporté ou si l'homme est décédé sur place, et ils estiment que sa mort remonte à il y a environ un an…

Berthier savait ce que son chef pensait, il le devinait à son attitude faussement satisfaite. Si l'approche de Noël avait permis d'accélérer l'obtention des résultats, il y avait un risque que certaines analyses aient été bâclées. Le lieutenant poursuivit avec un regain de dynamisme exagéré.

– Buisson, je veux que vous alliez rendre visite à la demi-sœur de Christian de Magne. J'ai déjà envoyé un message à Eva Duong pour qu'elle se penche sur notre homme du côté d'internet et de son parcours criminel, je veux en savoir plus sur sa personnalité, qui il a pu croiser pour finir dans cette forêt…

Le téléphone du lieutenant vibra sur la table. Il s'apprêtait à ignorer l'appel mais se ravisa quand il vit apparaître le nom de la journaliste Héloïse Bergaux.

– Vous avez du nouveau ?

– Serge Merrard. Ce connard du *Monde* a eu droit à une interview exclusive de d'Ambricourt. Elle est dans le numéro d'aujourd'hui. Vous l'avez lue ? Je vous le déconseille si vous êtes déjà de mauvaise humeur… Il est hors de question que je laisse Paris me doubler, Lieutenant.

Marchand ordonna à Berthier de courir acheter *Le Monde*. Le visage inquiet de son chef le poussa à obéir sans discuter.

– Il faut que je contre-attaque. Vous avez quelque chose pour moi ? Une info qui leur cloue le bec, une exclusivité pour *Le Maine Libre* ?

Il hésita à lui parler de Christian de Magne, c'était trop tôt, il n'avait pas encore assez d'éléments.

– Non, je n'ai rien.

– Je sais reconnaître les intonations du mensonge, Amaury.

La soudaine familiarité de la journaliste le déstabilisa brièvement avant de le faire sourire.

– Dès que j'ai un élément concret, je vous rappelle.

Il raccrocha, toujours souriant. Clara Buisson attendait debout, adossée contre la porte de son bureau, dévisageant son chef avec curiosité. Comme il ne réagissait pas, elle le sortit de sa torpeur.

– Il me faudrait l'adresse de Christine de Magne si vous voulez que j'aille lui parler…

***

L'adjudant Berthier s'était précipité au Routard, un bar du centre-ville qui avait l'avantage de vendre à la fois des journaux et des boissons chaudes pour accompagner la lecture. Il s'assit au bar, un double expresso sur le comptoir, et commença à faire défiler les pages du *Monde* à la recherche de l'article qui concernait leur affaire. Il sentait les regards posés sur lui, il entendait les murmures. Même le tenancier, d'habitude discret et taciturne, ne pouvait s'empêcher de le dévisager. C'était d'autant plus déroutant pour le gendarme que le bistrotier portait un bonnet de père Noël qui lui donnait un air ridicule. C'était la nouvelle mode, la généralisation des bonnets de Noël et des pulls avec des rennes brodés. Les guirlandes et les boules ne suffisaient plus. L'esprit de Noël avait besoin de toujours plus d'artifices pour ne pas se perdre dans la morosité hivernale.

On le scrutait avec curiosité parce que l'info avait circulé qu'on avait molesté des gendarmes la veille au soir. Plutôt que de susciter un élan de solidarité, la nouvelle avait surtout rendu la population inquiète. Il semblait en effet que le mal qui s'était emparé de leur commune et des alentours ne craignait pas l'autorité.

C'était ainsi qu'on commençait à le nommer, dans les discussions, « le mal ». On était incapable de définir plus clairement ces mauvaises ondes qui planaient. Il y avait le cadavre dans la forêt de Bercé, l'écrivain qui s'amusait à planter des énigmes morbides dans ses livres, deux vieilles dames agressées, des gendarmes amochés, sans oublier les boules et l'âne. Et le point d'orgue, la vague glaciale qu'on attendait pour la fin de journée, l'attente du malheur étant pire que le malheur lui-même, car l'humain a une capacité d'imagination plus forte que la réalité. Ce « mal » était particulièrement ressenti et malvenu parce qu'il avait plombé l'esprit de Noël. La trêve n'avait pas été respectée. Cette période de l'année où on pardonne, on oublie, on met de côté… le cessez-le-feu n'avait pas eu lieu et les bonnets sur la tête des commerçants ne suffisaient pas.

La rumeur avait tenté de jeter en pâture les frères Loutrel comme responsables, leurs noms s'étaient répandus de bouches en bouches et leur profil était idéal pour une chasse aux sorcières. Mais on avait du mal à croire que ces deux pauvres bougres, plus crétins que dangereux, aient été capables d'un pareil foutoir à eux tout seuls. Ils avaient sans doute leur part dans ces jours sombres, on ne pouvait pas croire pourtant qu'ils en soient les maîtres d'œuvre. Ils étaient tout au plus les complices de ce « mal », certainement pas les instigateurs.

Cette vision un peu mystique de la situation s'était propagée facilement dans cette région aux âmes pourtant rationnelles, parce que Noël était dans deux jours. Et que la trêve, donc, n'avait pas été respectée.

Par ailleurs, René d'Ambricourt, cet écrivain ermite qui croupissait dans un château au cœur de la forêt de Bercé sans jamais en sortir, était à lui tout seul un sujet propice aux rumeurs superstitieuses.

– Bordel de merde !

L'adjudant Berthier fit sursauter les chuchoteurs. Il posa un billet sur le comptoir et courut jusqu'à sa voiture, le journal à la main. Il le jeta sur le siège passager et démarra en trombe vers la gendarmerie, sirène et gyrophare allumés.

Plus affolés par la vitesse de son entrée que par la cacophonie bleutée du véhicule, les journalistes s'écartèrent pour le laisser passer. Leur nombre avait encore diminué, remarqua l'adjudant en traversant sans difficulté l'attroupement des derniers irréductibles, son journal à la main. Il se précipita dans le bureau de son chef qui était vide. Il n'eut pas besoin d'arpenter la petite gendarmerie très longtemps pour constater qu'il n'était nulle part.

– Goudeau, tu sais où est passé Marchand ?

– Il est parti au Mans, le procureur voulait le voir d'urgence. Réunion de crise, apparemment. Un problème ?

L'adjudant Berthier jeta *Le Monde* devant son collègue, page ouverte sur l'article de Serge Merrard. Il y détaillait sa conversation téléphonique avec René d'Ambricourt et la déclaration de ce dernier. Goudeau parcourut l'article les lèvres crispées.

– Bordel de merde…

***

Christine de Magne pleurait en silence, prostrée, les yeux fermés. Elle effectuait un léger mouvement de balancier pour se bercer elle-même. Clara Buisson était assise sur un fauteuil en face d'elle, droite, le visage compatissant, laissant le temps à la sœur endeuillée de se remettre de la violence de la nouvelle.

– J'ai répété souvent cette scène. Le jour où on m'annoncerait sa mort. J'étais certaine de mon détachement, de ma capacité à me contenter d'être soulagée. On ne peut rien faire contre les liens du sang. C'était mon frère, il m'a pourri la vie, je le détestais pour ce qu'il faisait, je l'aimais pour ce qu'il était.

– Est-ce que vous avez une idée de ce qui a pu lui arriver ?

– Il était le spécialiste des mauvaises rencontres. Il en a fait une de trop, j'imagine.

Clara Buisson se remémora les conseils à l'école de gendarmerie, les astuces des psychologues pour ménager la peine des victimes et de leur famille : les maintenir occupés.

– Madame de Magne, pourriez-vous nous préparer du café ?

La sœur éplorée leva des yeux étonnés vers la gendarme qui arborait un sourire étrange, sans doute à cause de son coquard gigantesque qui teintait son œil d'un mauve presque noir.

Tandis que Christine s'affairait à préparer leurs boissons, Clara se leva de son fauteuil afin d'arpenter le salon. Il aurait eu besoin d'un bon coup d'aspirateur, de chiffon et de supplément d'âme. Elle fut frappée par la tristesse de l'endroit. La pièce était assez grande et servait à la fois de salle à manger et de petit salon. Elle était dotée d'une bibliothèque, d'une cheminée, d'une table basse entourée d'un canapé et de deux fauteuils d'un côté, et de l'autre, d'une table pour les repas, de quatre chaises en osier et d'un vaisselier à vitrine. Un mobilier bon marché et figé dans une époque lointaine et poussiéreuse.

Clara ne tarda pas à comprendre d'où émanait cette austérité sinistre. Il n'y avait aucune photo sur la cheminée ou dans la bibliothèque. Sa petite expérience lui avait pourtant montré que dans les foyers modestes, on décore avec les portraits de ceux qu'on aime à défaut de pouvoir se payer des œuvres d'art. Pas de décoration de Noël non plus, Christine de Magne devait mener une vie bien solitaire.

Celle-ci revint dans le salon avec une cafetière pleine qu'elle posa sur la table basse sans chercher à la protéger de la chaleur, puis elle ouvrit le vaisselier d'où elle sortit deux tasses en porcelaine à fleurs. Elle essuya avec les doigts la poussière de cette vaisselle qui servait peu et Clara réussit tant bien que mal à réprimer une grimace de dégoût. Elle remercia au contraire Christine de Magne avec un sourire poli lorsqu'elle prit dans ses mains la tasse pleine d'un café trop foncé.

– Est-ce que vous savez si votre frère connaissait René d'Ambricourt ?

– C'est à cause de l'énigme ? Celle dont on parle dans les médias ? J'y ai beaucoup réfléchi en lisant l'article dans les journaux, je n'avais rien d'autre à faire que de réfléchir, en attendant d'être sûre…

Christine posa la tasse de café après l'avoir goûté du bout des lèvres. Elle sortit ensuite un livre de la bibliothèque, *Énigmes irrésolues*, qu'elle tendit à la gendarme. Il s'agissait d'un almanach répertoriant les mystères jamais élucidés depuis l'alphabet indéchiffrable d'une civilisation oubliée jusqu'à la chasse au trésor vaine organisée par un millionnaire excentrique.

– Il était passionné par les problèmes, les énigmes, les mystères… Il s'était mis en tête de percer le secret des jeux de hasard pour gagner à tous les coups. En attendant ce jour, il forçait un peu le destin en arnaquant les casinos et cercles de jeux. Dès qu'il voyait l'ombre d'un rébus quelque part, il fonçait.

– Vous pensez qu'il a pu résoudre l'énigme ?

– Il avait un don spécial, ou une malédiction…

– Qu'est-ce que vous entendez par là ?

– Dans les années 1960, on se penchait moins sur le cas des enfants qui n'entraient pas dans les cases. Aujourd'hui, on l'aurait certainement diagnostiqué autiste. Il ne supportait pas les règles, il avait des difficultés à s'intégrer, il se réfugiait dans les énigmes, les rébus. C'était sa passion et il excellait dans le domaine.

***

Le lieutenant Marchand se gara à quelques rues de la cité judiciaire du Mans, près du centre historique. Le procureur avait souhaité lui parler en personne et sans délai. Le chef de la gendarmerie de Château-du-Loir voyait d'un mauvais œil cette convocation au pied levé. Il craignait qu'on lui annonce que l'affaire le dépassait, qu'on la confiait à des enquêteurs plus expérimentés. Il se rappelait les paroles d'Héloïse à propos des journalistes parisiens qui raflaient les affaires les plus intéressantes.

Il avançait sur les rues pavées la démarche lente, sans impatience, en se faufilant parmi les passants emmitouflés et chargés de sacs qui contenaient leurs derniers achats avant Noël. Il appréciait cet anonymat qu'il n'avait plus dans le sud de la Sarthe. Il avait l'impression de retrouver l'effervescence joyeuse des fêtes que Château-du-Loir avait perdue depuis la découverte du corps et, surtout, du vol des boules et de l'âne.

Après tout, peut-être qu'il valait mieux qu'on lui retire cette affaire, qu'on laisse des experts de l'assassinat prendre le relais tandis qu'il retournerait à son travail de proximité avec les habitants. Il essayait de se convaincre sans véritablement y parvenir, pour se préparer à la mauvaise nouvelle.

Il pénétra dans le bureau du procureur avec une série d'arguments à exposer pour sa défense. Mais le magistrat n'était pas seul. Une femme élégante, tailleur et chignon impeccables, attendait debout contre le mur en pianotant sur son téléphone. Elle s'avança vers le gendarme et le salua d'une poignée de main vigoureuse. Il était visiblement attendu. Le procureur procéda aux présentations.

– Lieutenant, voici la commissaire Élodie Horry, envoyée par la PJ d'Angers pour enquêter sur le double meurtre du Mans. Élodie, je vous présente le lieutenant Amaury Marchand de la gendarmerie de Luceau, près de Château-du-Loir. Je laisse Élodie vous faire un résumé rapide de ce qu'on a puis on avise pour que chacun retourne à son enquête au plus vite.

– Vous me laissez l'affaire ?

Marchand regretta aussitôt sa question quand il croisa les yeux étonnés du procureur.

– Vous pensez que je peux me payer le luxe de vous la retirer ? Non seulement vous la gardez mais je compte sur vous pour me la régler, Lieutenant. Et rapidement. J'aimerais que cette fin d'année commence enfin à ressembler à Noël. Et pas seulement parce qu'il fait un froid de Laponie.

Le lieutenant acquiesça, soulagé par la tournure qu'il n'avait pas anticipée de ce rendez-vous improvisé.

– Élodie, je vous laisse expliquer au lieutenant pourquoi il est là.

Cette grande femme apprêtée d'une quarantaine d'années détailla avec une grande clarté les derniers événements de ce côté de la Sarthe. Depuis la découverte des corps des deux jeunes gens en apparence sans histoire, en passant par les détails de l'enquête, les analyses matérielles, les fausses pistes… jusqu'à la raison de sa venue dans ce bureau.

– Les victimes, Léon Rinjard et Renaud Lancelin, vivaient en colocation. Ils ont été empoisonnés, on a retrouvé de grandes quantités d'extraits de racines de ciguë dans une ratatouille qu'ils avaient cuisinée. Ce n'est pas un accident, il n'y avait aucune trace de cette plante dans leur appartement. Quelqu'un a préparé le poison ailleurs et l'a versé dans le plat sans laisser le contenant. Nous avons assez rapidement soupçonné un mobile pécuniaire. Léon et Renaud voulaient monter leur propre affaire et les banques refusaient de leur prêter de l'argent. Leur entourage a confirmé qu'ils avaient essayé d'en emprunter à leurs amis, familles… mais personne n'avait réellement les moyens de les aider. Tout le monde pensait qu'ils allaient laisser tomber jusqu'au jour où ils ont annoncé qu'ils avaient récolté les fonds nécessaires et qu'ils montaient officiellement leur entreprise.

Pendant les quelques minutes qu'elle avait consacrées à expliquer la situation au lieutenant, elle avait reçu pas loin d'une dizaine de messages. Son téléphone émettait chaque fois un son aigu et bref. Elle marquait alors une pause pour jauger de l'importance de l'expéditeur avant de reprendre le fil de ses explications. Elle s'était finalement interrompue dans son récit pour répondre à ce qu'elle devait considérer être une urgence. Marchand avait une furieuse envie de lui arracher l'objet des mains. Elle s'excusa du bout des lèvres, penchée sur son écran. Le procureur n'était pas moins agacé que le gendarme mais les deux hommes attendaient patiemment qu'elle poursuive.

– Les équipes ont mis du temps à remonter à l'origine de cet argent parce que les mails et autres indices informatiques avaient été effacés… Mais nous avons finalement obtenu un nom. Ou plutôt deux noms.

Élodie Horry sortit un feuillet d'un dossier posé sur le bureau du procureur. Elle le tendit au lieutenant.

– L'argent leur a été prêté par Pierre et Arthur Loutrel.

Marchand ne put s'empêcher de pousser un cri de surprise. Les frères Loutrel faisaient beaucoup trop souvent irruption dans les conversations depuis deux jours.

– Vous pensez que les deux affaires sont liées ?

L'enquêtrice acquiesça en résistant à l'envie de regarder son téléphone qui venait de sonner.

– Si je comprends bien, vous pensez que le mobile est une dette impayée ? Mais si l'argent venait de leur être prêté, c'est étrange, non ? Pourquoi une exécution si rapidement ? D'autant que maintenant, les deux frères n'ont aucune chance de récupérer leur argent. Et puis, l'empoisonnement, ce n'est pas non plus très fréquent dans le cas de règlements de comptes mafieux…

Le magistrat se leva de son fauteuil pour rejoindre ses deux enquêteurs toujours debout.

– Ce dont je suis certain, Lieutenant, c'est que la Sarthe est plus connue pour ses rillettes que pour sa criminalité. C'était du moins le cas jusqu'à ces derniers jours… Que la même paire de suspects pointe dans des meurtres commis à cinquante kilomètres de distance dans un département habituellement paisible, ça ne ressemble pas à du hasard.

Le lieutenant saisit l'occasion pour adresser un message au procureur.

– Arthur Loutrel est en garde à vue dans nos locaux mais, comme vous le savez, son frère Pierre s'est évaporé dans la nature après avoir lâché des chiens et tiré sur un de mes hommes. Officiellement, Pierre Loutrel est donc activement recherché…

– Officiellement ?

– Dans les faits, je n'ai personne à ses trousses. Toute mon équipe est occupée ailleurs. J'ai envoyé un portrait de Pierre Loutrel aux journaux du coin, pour qu'ils le publient et que les populations soient vigilantes, mais ça ne suffira pas. Nous ne sommes pas assez nombreux.

Élodie Horry proposa d'envoyer un membre de son équipe à la recherche du suspect. Elle n'avait pas hésité une seule seconde à apporter ce soutien bienvenu et Marchand commençait à lui pardonner ses excursions trop nombreuses dans son téléphone. Même si elle ne leur portait que la moitié de son attention, c'était une moitié qui faisait du bien.

– De toute façon, nous aussi, il faut qu'on interroge les Loutrel.

Le procureur était également soulagé de ne pas avoir à refuser la requête de Marchand.

– Problème résolu. Élodie, finissez votre exposé, que tout le monde se remette au travail.

La commissaire angevine souriait. Elle avait encore une information à partager qui allait certainement finir de convaincre le gendarme. Elle pointa du doigt l'élément intéressant dans le feuillet qu'elle avait sorti du dossier.

– Je vous ai dit que nos deux victimes avaient emprunté de l'argent pour monter une société… Voici les détails de leur projet.

Marchand fronça les sourcils en lisant le descriptif de l'entreprise. Le hasard s'éloignait effectivement de plus en plus. « La société Livradom proposera à ses clients différents services liés à la littérature à domicile : lecture des livres de votre choix par enregistrement ou directement dans votre salon par des comédiens, versions expurgées de romans pour une approche rapide des grands classiques… »

La liste des options proposées s'étalait encore sur plusieurs paragraphes. Ce n'était pas étonnant qu'aucune banque n'ait voulu financer ce projet. Marchand n'était pas expert dans le domaine, mais il lui semblait que c'était un modèle économique bancal. Il était clair en tout cas que les deux enquêtes se rapprochaient sérieusement, on y retrouvait deux points communs évocateurs : des Loutrel et des bouquins.

***

Le lieutenant trottina jusqu'à sa voiture, saisi par le froid, et mit immédiatement en route le moteur pour activer le chauffage. Il consulta son téléphone. Il avait plusieurs appels en absence et messages sur son répondeur. Il déclencha sa messagerie et activa le haut-parleur tout en manœuvrant son véhicule.

« Amaury, c'est Gédéon… »

Le gendarme avait complètement oublié l'appel de son ami la veille au soir. Il hésita à passer directement au message suivant afin de se concentrer sur son enquête, mais il avait déjà commencé à traverser Le Mans au-delà des limites de vitesse autorisées : ses mains étaient prises.

Il fut étonné de la teneur du message. Le vieil épicier ne l'appelait pas pour prendre de ses nouvelles. Son intonation de voix était inquiète et le contenu mystérieux.

« J'ai réfléchi à ce que tu m'as dit, à propos du cadavre dans la forêt de Bercé… J'ai repensé à un détail. C'est peut-être rien, je ne veux pas créer de… comment dire… Enfin, on en parlera ensemble, je vais quand même vérifier demain, passe me voir après ta journée, j'en saurai plus normalement. »

L'auteur du deuxième message n'avait pas pris le temps de se présenter, mais il reconnut la voix de l'adjudant Berthier.

« Je sais que vous êtes chez le procureur, chef, mais il faut que vous lisiez l'article dans *Le Monde*. Dès que vous avez mon message, dites-moi où vous êtes, je vous l'apporte. »

Il n'avait pas oublié ce fameux papier que lui avait recommandé Héloïse. C'était sa convocation au Mans qui en avait retardé la lecture qu'il avait pourtant placée parmi ses priorités. Il accéléra afin de retrouver sa brigade au plus vite et consulter enfin le contenu de cette interview qu'il appréhendait. Il roulait maintenant à près de 140 km/h sur une route limitée à 80 km/h. Il enclencha le gyrophare sans la sirène pour ne pas couvrir les voix de sa messagerie.

« Lieutenant Marchand, c'est Suzanne Rouillard… »

Le gendarme jura. Comment avait-elle obtenu son numéro de téléphone ? Cette femme n'avait aucune limite. Il aurait pu apprécier ce trait de caractère, cette volonté que rien n'effraie, si Suzanne Rouillard n'avait pas été en même temps aussi antipathique dans sa façon de vouloir diriger le monde.

« Vous devez sûrement vous demander comment j'ai eu votre numéro de téléphone… C'est grâce à votre petite gendarmette, Eva, celle qui veille sur nous. Un sacré bout de bonne femme. Elle fait rougir mon Francis… Je lui en veux pas, c'est qu'elle est jolie comme un cœur. Tout ça pour vous dire quoi ? Ah oui, avec Odette, on pensait, on est partis sur des mauvaises bases, vous et nous. Faut redresser le tir, on voudrait venir avec des décorations de Noël à la gendarmerie, pour mettre un peu de gaieté. On sent bien que ça vous mine, cette affaire, on vous a causé du souci. À bien y repenser, on aurait dû attendre que les fêtes soient derrière nous. Il se passe jamais rien en janvier, ça aurait mis un peu de vie dans le coin. Enfin, c'est pas pour dire qu'un mort ça met de la vie, vous voyez ce que je veux dire quoi, je sais bien que vous êtes pas le dernier des sots. On peut venir cet après-midi avec tout un tas de décorations si vous voulez. Vous aurez qu'à prévenir votre petite Eva et nous dire ce qui vous convient. »

Il avait bien cru qu'elle ne s'arrêterait plus jamais de parler… Il ne se faisait aucune illusion. Si Suzanne et Odette voulaient venir fouiner du côté de la gendarmerie, ce n'était pas pour embellir l'endroit. Elles avaient une idée derrière la tête, et il n'avait même pas envie d'essayer de deviner ce que c'était. Le dernier message s'enclencha pendant qu'il grommelait. Il s'avéra aussi être le plus intéressant, le plus décisif.

« Chef, c'est Eva Duong, je tiens d'abord à m'excuser, Suzanne Rouillard a réussi à me soutirer votre numéro de téléphone, j'ai même pas compris comment elle s'y est pris… Elle est incroyable, cette femme… Mais je crois que j'ai de quoi me faire pardonner. J'ai apporté mon ordinateur avec un routeur de wifi portable pour tuer le temps pendant ma protection rapprochée des deux couples, bref, j'ai pu me pencher sur le passé de notre victime, Christian de Magne. J'ai cru que j'avais fait le tour du bonhomme, de ses condamnations pour escroquerie, sans rien trouver de tellement intéressant, mais j'ai décidé de remonter encore plus loin, dans sa prime jeunesse, et j'ai bien fait parce que c'est là que ça commence à être bizarre. Quand il avait même pas encore dix-huit ans, il a travaillé pour un certain Charles de Valois. Il lui servait de secrétaire et d'homme à tout faire, si j'ai bien compris… Leur collaboration a cessé le jour où Charles de Valois, endetté, a été obligé de vendre sa maison. J'ai creusé encore un peu et j'ai découvert que cette grande propriété dont il avait dû se séparer se trouvait en bordure de la forêt de Bercé et qu'elle avait été vendue à un certain… René d'Ambricourt ! C'est la maison que l'écrivain habite actuellement. Drôle de coïncidence, non ? »

Beaucoup de hasards dans la même journée, d'autant que ce nom de Charles de Valois ne lui était pas inconnu. C'était chez lui que l'écrivain alors jardinier avait également travaillé, avant d'être tabassé puis de racheter le domaine. René d'Ambricourt connaissait donc Christian de Magne.

Quand le lieutenant Marchand gara sa voiture dans le parking de la gendarmerie où les journalistes s'étaient raréfiés, il avait retrouvé le regain d'énergie perdu ces derniers jours. On lui laissait l'enquête au moment où elle prenait des virages qui semblaient la conduire enfin vers un début de vérité. Il irait au bout, il allait savoir ce qui s'était passé, il découvrirait comment René d'Ambricourt était lié à la mort de Christian de Magne, il jetterait tous les responsables en prison et Noël reprendrait son goût de fête et de chocolat.

Il ferma la porte de la gendarmerie à clé sous le regard étonné du brigadier Goudeau toujours derrière son comptoir. Berthier accourut, son journal à la main. Il ouvrit la bouche, mais le lieutenant l'interrompit d'un geste.

– Est-ce que Buisson est là ?

– Elle vient tout juste d'arriver. Elle était partie annoncer à Christine de Magne que c'était bien son frère qu'on a retrouvé…

– Parfait, rejoignez-moi tous les trois dans la salle d'interrogatoire, on va faire le point. Goudeau, demandez à la boulangerie « La Licorne » de nous livrer des sandwichs, j'imagine qu'aucun de vous n'a encore déjeuné.

Sans attendre de réponse des deux gendarmes, Marchand attrapa le journal des mains de Berthier et s'installa dans la salle d'interrogatoire pour enfin s'enquérir du contenu de l'article. Clara Buisson le rejoignit au moment où il s'apprêtait à entamer la lecture.

– Je peux vous interrompre, chef ?

– Comme je sens que cet article ne va pas me plaire… Je ne suis pas contre un sursis supplémentaire. Comment va votre œil ?

– Bien, merci chef. Eva Duong vous a dit, pour Christian de Magne ?

– Oui, il paraît qu'il a travaillé pour le précédent propriétaire de la maison de René d'Ambricourt.

– La sœur de Christian dit qu'il était autiste, fasciné par les énigmes… Elle pense qu'il a décodé la devinette macabre dans le livre de René d'Ambricourt et que c'est peut-être ce qui l'a conduit à sa perte.

Clara Buisson plissait son œil vaillant, perdue dans ses réflexions. Sa chevelure blonde attachée en chignon lui donnait une allure très jeune qui contrastait avec son coquard massif.

– Vous avez une idée, Buisson ?

– Et si l'objectif de cette énigme était en fait depuis le début de découvrir une tombe vide ? Je pense que tout le monde est d'accord pour dire que René d'Ambricourt, quelle que soit son implication dans cette affaire, est un être tordu. Alors imaginons qu'il avait en tête, en réalité, d'inverser le processus… C'est-à-dire que le premier lecteur qui décoderait son énigme deviendrait en fait la victime.

Berthier était entré dans la salle à ce moment-là et avait écouté la théorie de Clara avec admiration. Il intervint pour soutenir son argumentation devant le chef.

– Ça se tient, l'énigme serait en fait un appât… Rien d'étonnant alors à ce que ce soit Christian de Magne la victime. L'homme consacre sa vie à résoudre des énigmes et il en décode une qui le mène directement près de la propriété où il a travaillé plusieurs années. Une bonne raison de titiller sa curiosité et de se rendre sur place.

Clara sourit à son bel adjudant et conclut son hypothèse.

– René d'Ambricourt le félicite d'avoir trouvé les coordonnées GPS, s'assure que l'homme n'a dit à personne où il se trouvait et il le tue. Mobile : René d'Ambricourt est un taré, un psychopathe qui assassine parce que tuer des personnages dans les livres, ce n'est pas suffisant.

Les deux gendarmes attendaient maintenant une réaction du lieutenant. Ce dernier était assis sur la chaise en bois inconfortable destinée aux interrogés. Il réfléchissait, les yeux fixés au plafond.

– C'est une piste intéressante…

Les amants échangèrent un sourire furtif.

– … mais qui n'éclaire pas toutes les zones d'ombre. Pourquoi a-t-on payé Charles Rouillard pour diffuser l'existence de l'énigme sur internet ?

– C'est René d'Ambricourt, le contact anonyme, il a agi par vanité. Il voulait que le monde sache.

– Et où se situe le rôle des frères Loutrel dans cette affaire ? Ils sont liés aussi au double meurtre du Mans, c'est la raison pour laquelle le procureur voulait me voir. On va travailler avec la PJ d'Angers. Les frères Loutrel ont prêté de l'argent aux victimes, mais je ne vois pas comment imbriquer nos deux enquêtes l'une dans l'autre. Je sens qu'on tourne autour de quelque chose qui nous échappe encore…

– C'est bizarre…

Goudeau avait écouté l'échange depuis l'entrebâillement de la porte. Buisson et Berthier s'écartèrent pour le laisser entrer. Il s'avança timidement en boitillant, la cheville encore douloureuse des crocs de la veille.

– Qu'est-ce qui est bizarre, Goudeau ?

– Vous avez vu la ferme des Loutrel, on ne peut pas dire que ce soit un palace… Je vois pas bien comment ils auraient pu prêter de l'argent, j'ai pas l'impression qu'ils en aient beaucoup.

Berthier, stimulé par ce jeu des hypothèses, tenta une explication.

– Ils ont peut-être commis un vol et ils blanchissent l'argent de cette façon ? On peut vérifier la liste des cambriolages dans la région avant leur sortie de prison…

Goudeau acquiesça avant de proposer une solution plus simple.

– On peut demander à Arthur Loutrel ? Puisqu'il est là…

Ils avaient tous oublié la présence du petit Loutrel dans les locaux de la gendarmerie. Le jeune homme était discret, il attendait que le temps passe, allongé sur sa banquette, visiblement indifférent à son enfermement. L'avantage d'une vie chaotique dans laquelle on ne se sent bien nulle part, c'est qu'on finit par s'habituer à être mal partout.

La proposition de Goudeau fut validée en silence quand Marchand se leva, suivi par sa petite équipe.

– Venez, Arthur, on va causer.

Le cadet Loutrel se leva et s'étira avant de sortir de la cellule, escorté jusqu'à la salle d'interrogatoire. Le suspect s'assit d'un côté de la table, sur la chaise occupée quelques instants plus tôt par Marchand, tandis que les gendarmes restaient près de la porte à le dévisager. Arthur Loutrel, lui, observait avec intérêt les blessures de Buisson et Goudeau.

– C'est mon frère qui vous a mis dans cet état ?

– Vous savez quelque chose à ce sujet ?

Marchand avait posé la question très calmement.

– J'étais pas là, je peux pas vous aider.

Il était habitué aux uniformes, aux interrogatoires, il ne semblait pas inquiet de son sort, même s'il était difficile de savoir ce qu'il pensait vraiment. Marchand se demandait pourquoi il n'avait pas protesté au moment de sa mise en garde à vue. On aurait dit qu'il estimait n'avoir rien à se reprocher, sans pour autant rechigner à rester enfermé quelques heures.

– Vous connaissez Léon Rinjard et Renaud Lancelin ?

– Les deux types tués au Mans ? J'ai lu les journaux comme tout le monde, pour une fois qu'il se passe un truc marrant dans la région… mais je les connais pas.

– Vous trouvez pas qu'il y a un nombre étonnant d'événements « marrants », justement, depuis quelque temps ?

– Quel rapport avec moi ?

Pour la première fois, Marchand le sentit nerveux, ce qui eut pour conséquence inverse de détendre le lieutenant.

– Nous avons deux témoins qui vous ont clairement identifié comme l'agresseur de l'adjudant Buisson et du major Spandoni.

– Qui vous a raconté ça ?

– Vous vous êtes introduit dans le local du club de lecture, qu'est-ce que vous cherchiez ?

Dans une transformation aussi spectaculaire qu'étonnante, tout le corps d'Arthur Loutrel changea d'attitude. Il transpirait désormais l'angoisse alors qu'une seconde auparavant, il était d'une sérénité totale. Le chef de la gendarmerie observait le cadet sans comprendre. Pourquoi ce changement radical de comportement ? Qu'est-ce qui le rendait si tranquille une minute plus tôt et qui venait de le terrifier en deux questions anodines ?

– Vous vous sentez bien, Arthur ? Vous êtes tout pâle…

– Vous bluffez, vous n'avez rien contre moi, personne ne m'a vu puisque ce n'était pas moi.

– C'est votre parole contre celle de deux témoins, ça ne pèse pas lourd…

– Vos témoins se trompent, ils ont mal vu !

– Ils sont catégoriques.

– Avec un masque, on peut pas être sûr !

Les gendarmes échangèrent des regards de victoire, ne cachant pas leur sourire. Le petit Loutrel comprit alors son erreur, trop tard.

– Il portait bien un masque, votre agresseur ? C'est ce que vous avez dit…

– Personne n'a mentionné de masque, Arthur.

– Je l'ai entendu quand les deux, là, ils en ont parlé, dans la voiture.

Il transpirait à grosses gouttes, ce qui n'aidait pas à rendre son mensonge crédible. Marchand ne s'expliquait toujours pas ce revirement dans son attitude.

– Maintenant que nous sommes certains de votre implication, je vous propose un marché. Vous nous aidez, et on voit ce qu'on peut faire en retour. Parce qu'amocher deux gendarmes, avec votre casier, ça peut vous envoyer en prison pour longtemps.

Arthur s'affaissa. Il regardait ses mains posées sur la table, hagard.

– Comment avez-vous su que Léon Rinjard et Renaud Lancelin cherchaient des financements ? D'où vient l'argent que vous leur avez prêté ?

Arthur n'écoutait plus, il était perdu dans ses pensées, marmonnant dans sa barbe des murmures inaudibles. Quelques bribes de mots échappaient parfois au chuchotement ; il sembla à Marchand que le petit Loutrel exprimait des regrets.

– Arthur, vous m'écoutez ?

– C'est mon frère.

– Votre frère ?

Arthur Loutrel s'adressa aux gendarmes avec fébrilité, bien loin de l'assurance affichée à son entrée dans la salle d'interrogatoire.

– C'est lui qui s'est introduit dans le club de lecture.

– Vous savez ce qu'il cherchait ?

– Demandez-lui.

***

Goudeau, Marchand, Berthier et Buisson mastiquaient leurs sandwichs fraîchement livrés par le boulanger dans un silence pensif. Goudeau fut le premier à faire part de ses réflexions, à mi-voix pour éviter que leur suspect l'entende depuis la cellule où il avait été replacé.

– Il n'a pas hésité longtemps avant de charger son frère… Je me demande quelle relation ils ont. Ils habitent ensemble, leurs casiers montrent qu'ils ont l'habitude de monter leurs coups à deux… Pourquoi l'avoir lâché si facilement ?

– Il cherche sans doute à gagner du temps.

L'équipe attendait que leur chef poursuive, mais il se battait avec une bouchée de pain trop grosse.

– D'un côté, il sait qu'il est coincé, de l'autre, son frère est en cavale et donc ne risque rien pour l'instant… Il est peut-être plus malin que ce qu'il veut bien laisser paraître. Ou alors, c'est vraiment Pierre Loutrel qui vous a agressés et Arthur ne veut pas porter le chapeau.

– J'ai du mal à le croire… Hier soir, Pierre Loutrel était dans leur ferme, en train de lâcher ses chiens sur moi.

Goudeau se massa le bras à l'évocation de ces gueules aboyantes cherchant à le lacérer. Clara Buisson intervint à son tour.

– Il aura eu le temps de me mettre un coquard avant de rentrer chez lui et de t'envoyer sa meute… Trois agressions de gendarmes en une soirée, jolie performance.

Les mastications continuaient au milieu de hochements de tête, de moues dubitatives ou au contraire acquiesçantes, chacun à ses réflexions sur l'affaire, avant que Berthier ne conclue, après sa dernière bouchée :

– En attendant, ça nous dit pas comment Christian de Magne s'est retrouvé enterré dans la forêt de Bercé.

Marchand se leva avec l'énergie du devoir et répondit en même temps à son subordonné.

– Je pense qu'il est temps de procéder à l'arrestation de René d'Ambricourt. Il y a suffisamment d'éléments qui justifient qu'on le ramène ici.

Son équipe ne l'avait pas suivi dans son élan volontariste. Le lieutenant remarqua le malaise et les regards échangés.

– Il y a un problème ?

Berthier esquissa un sourire gêné.

– Vous n'avez toujours pas lu l'article, chef ?

***

Après avoir rappelé dans les grandes lignes les derniers événements survenus depuis la découverte du cadavre, le journaliste n'hésitait pas à se tresser quelques louanges, principalement sur la façon dont il avait réussi à obtenir cette interview téléphonique exclusive de René d'Ambricourt.

Le seul point positif que releva Marchand, c'est que l'article omettait de préciser comment le corps avait été découvert dans la forêt. Il imaginait Suzanne Rouillard bouillonnant en constatant que son nom n'apparaissait nulle part et il profitait de cette satisfaction mesquine qu'il savait de toute façon éphémère, son équipe l'ayant largement prévenu qu'il n'allait pas aimer la suite.

Serge Merrard détaillait ensuite la bibliographie de René d'Ambricourt, saluait son travail, résumait quelques-uns de ses best-sellers et concluait son introduction par ses impressions générales sur son entretien téléphonique avec l'écrivain. Il décrivait la voix calme de l'auteur, son élocution saccadée, sa respiration sifflante, ses longues pauses souffreteuses… Il ne faisait aucun doute qu'il lui avait bel et bien parlé, songea Marchand, sa façon de s'exprimer était parfaitement décrite. Il semblait également que le journaliste avait dû se contenter d'un échange rapide car le gendarme avait déjà lu la moitié de l'article et le dialogue n'avait pas commencé. Le lieutenant se retenait de lire en diagonale les éloges et les fioritures, pour ne rien rater, mais l'envie était forte.

Le journaliste commençait enfin à entrer dans le vif du sujet avec la question que tout le monde se posait, particulièrement dans l'enceinte de sa gendarmerie : qu'est-ce que le corps de cet homme faisait là ? Il soulignait ensuite la proximité du cadavre avec la propriété de l'écrivain avant de mentionner l'énigme de son livre associée à son titre évocateur : *Le cadavre était caché là*.

Serge Merrard : René d'Ambricourt, avez-vous tué l'homme qui a été retrouvé dans la forêt de Bercé ?
René d'Ambricourt : Non, je ne l'ai pas tué.
S.M. : La solution de votre énigme désignait pourtant l'emplacement exact où le corps attendait. Et puisque le livre s'intitule Le cadavre était caché là, *on est en droit de s'interroger.*
R. d'A. : J'ai placé ce code pour mémoire, il n'avait d'autre but que de laisser la trace d'une expérience qui m'a bouleversé.
S.M. : Quelle expérience, Monsieur d'Ambricourt ?
R. d'A. : Je sors très peu de chez moi, je reste à ma table pour travailler toute la journée, la nuit aussi parfois. Je fais livrer mes courses, je n'ai quasiment aucun contact avec l'extérieur et cette vie me convient parfaitement. Un jour, alors que j'avais décidé de faire entorse à cette habitude, pensant naïvement qu'une escapade pouvait m'apaiser et m'offrir un nouveau souffle dans ma création, je suis sorti marcher dans la forêt de Bercé, autour de chez moi. Et je suis tombé sur un cadavre de sanglier. Il pourrissait au milieu des feuilles, dégageant une odeur putride, des mouches bourdonnaient, j'entendais les charognards qui trépignaient alentour, attendant que je m'en aille pour poursuivre leur festin. Corneilles, rongeurs, insectes en tout genre… Il faisait humide, la décomposition dégageait de la chaleur, provoquant dans l'air froid une fumée

stagnante autour de la dépouille pourrissante. La bête morte semblait remuer, gonflée par les gaz et les asticots. Cette vision a eu un impact fort parce qu'elle sonnait comme un avertissement : en sortant de chez moi, je ne trouverais que du funeste. Je devais rester à l'abri sous mon toit, à écrire. Les crimes dans mes livres sont nombreux et sanglants mais ils sont fictifs. Ce sanglier était réel, tout comme le spectacle immonde des conséquences de sa mort. J'avais du mal à détacher mes yeux de l'animal en putréfaction parce que je savais au plus profond de moi que je n'étais pas venu à cet endroit par hasard, le destin m'avait envoyé précisément là, dans ce lieu de misère. J'ai noté les coordonnées GPS que j'ai insérées dans mon roman pour me souvenir de cette expérience et lui donner une postérité qui était destinée à moi-même plutôt qu'à mes lecteurs.

S.M. : Vous pensez donc que quelqu'un a décrypté ces coordonnées puis s'est rendu dans la forêt de Bercé pour y déposer le cadavre ?

R. d'A. : C'est à la police de déterminer ce qui s'est passé, je n'ai aucun avis sur cette question.

S.M. : Puisque vous mentionnez la police, j'imagine que vous avez conscience que vous êtes probablement leur suspect numéro 1. Vous ne craignez pas que l'on vienne vous arrêter ? Vous serez alors obligé de sortir de chez vous pour répondre à leurs questions, et de briser votre vœu de ne plus vous confronter au monde extérieur.

R. d'A. : Je ne serai jamais arrêté.
S.M. : Parce que vous êtes innocent ?
R. d'A. : Je veux que vous retranscriviez très précisément, mot pour mot, ce que je m'apprête à vous dire. Je ne suis pas en bonne santé, je ne peux pas être déplacé comme tout un chacun, et encore moins sorti inconséquemment de mon domicile. Si la police vient me prendre chez moi, je mourrai.

Dans un réflexe mû par la rage, le lieutenant Marchand se leva d'un bond à la lecture des lignes qui suivaient. Ses subordonnés le regardaient, inquiets, espérant que la colère redescende vite. Elle n'est jamais une bonne alliée dans la prise de décision.

R. d'A. : Je suis innocent, la preuve en est que si les gendarmes sont déjà venus m'interroger, ils ne m'ont pas arrêté. Mais je sais comment le système judiciaire fonctionne, je connais cet organe pour l'avoir décortiqué et décrit de nombreuses fois dans mes livres. Quand il est malade, dirigé par des hommes et des femmes peu compétents, il devient une machine à broyer sans scrupule. Infamie, violence, intimidation, toutes les armes deviennent bonnes pour camoufler leur échec. Si demain les gendarmes se présentent chez moi, c'est qu'ils n'ont rien et qu'ils ne veulent pas admettre leur nullité. S'ils viennent, je mourrai. À leur inaptitude s'ajoutera le cynisme et l'inhumanité. Je ne les laisserai pas me prendre vivant. Sortir, c'est mourir. Il n'y a pas d'autre issue.

Le journal tomba des mains de Marchand et glissa au sol, s'éparpillant sur la moquette sans que personne n'ose le ramasser. Le lieutenant fulminait mais refusait de laisser son exaspération dicter sa conduite à chaud, dans le feu brutal de l'émotion. C'était une déclaration de guerre : l'écrivain contre sa gendarmerie. Il devait répliquer d'une façon que René d'Ambricourt n'anticiperait pas. Il ignorait ce que l'auteur manigançait, mais celui-ci les avait provoqués en misant probablement sur le fait qu'ils réagiraient avec véhémence. Un début d'idée germa dans son esprit. Il chercha le contact d'Héloïse parmi les derniers numéros appelés. Elle décrocha à la première sonnerie.

– Vous avez lu l'article, Lieutenant ?

– Il a anticipé les coups, ça ne veut pas dire qu'il ne va pas les recevoir. J'ai un scoop pour vous, mais j'ai besoin d'aide en échange.

– Vous savez que plus personne ne dit « scoop » ?

– Le corps dans la forêt, c'est celui de Christian de Magne, disparu depuis un an. Sa demi-sœur est venue nous voir. La comparaison ADN a parlé. Personne d'autre que les chargés de l'enquête n'est au courant.

Il entendit la jeune femme fouiller dans ses affaires et prendre de quoi noter.

– Merci, Lieutenant, c'est génial... Je vous laisserai utiliser le mot « scoop » à vie. Je peux en parler quand ?

– Dès demain, en précisant à vos lecteurs que toute information à son sujet est bienvenue. Vous avez réussi à décoder l'énigme de son nouveau livre, *Et encore des cadavres* ?

– J'ai une piste, un jeu avec les premières lettres de chaque chapitre... Mais je tâtonne encore. Je ne peux pas vous payer en retour pour l'instant.

– Si, vous allez pouvoir m'aider autrement. Par contre, ce que je m'apprête à vous dire reste entre nous jusqu'à nouvel ordre. Il semblerait que le double meurtre du Mans soit lié aussi à notre enquête. Je veux que vous cherchiez un lien éventuel entre Charles de Valois, l'ancien propriétaire du château de René d'Ambricourt et accessoirement ex-employeur de Christian de Magne, et les deux victimes du Mans.

La jeune femme resta silencieuse un court instant, le temps d'intégrer ces informations qui modifiaient les contours de cette affaire.

– Ah oui, quand même... Je valide définitivement le « scoop ». Merci un million de fois, Amaury !

Elle raccrocha, pressée de se mettre à la tâche, abandonnant le gendarme à son sourire satisfait, perdu dans ses pensées au-dessus de l'écran noir de son téléphone. Il aimait quand la journaliste dérapait vers cette familiarité apaisante. Son quotidien était trop orienté vers son travail, sa position de chef provoquant dans son entourage des comportements formels et polis à son égard. Depuis qu'il avait pris son poste à Château-du-Loir, il n'y avait que Gédéon qui s'adressait à lui comme à un ami. Il abandonna son sourire et ses réflexions sur sa solitude pesante quand il prit conscience que son équipe attendait, debout dans la petite salle d'interrogatoire qui avait hébergé leur pause déjeuner.

– Où est Spandoni ?

– Il a posé un congé maladie, à cause de son nez cassé…

Goudeau avait répondu à son supérieur sans oser le regarder dans les yeux, parce qu'il était certain que Marchand n'aimerait pas sa réponse. Et effectivement, le chef lança ses ordres, un soupçon d'agacement dans la voix.

– Goudeau, rendez-vous discrètement chez René d'Ambricourt. Garez la voiture loin de sa propriété pour qu'on ne remarque pas votre présence. Surveillez la maison, les entrées, les sorties, faites le tour de ses remparts… Notez tout et appelez-moi si vous êtes témoin d'un événement étrange.

Goudeau jeta les restes de son déjeuner puis enfila ses habits posés sur une chaise. Pull en laine aux couleurs de la gendarmerie, manteau épais fermé jusqu'au cou, gants, bonnet… Il avait beau se dépêcher, la succession de couches retardait son départ et Marchand attendait qu'il ait cessé de s'agiter pour continuer de donner ses ordres.

– Pardon, chef. C'est qu'il est seize heures.

– Et ?

– D'après la météo, c'est maintenant que la vague glaciale commence à s'abattre sur la Sarthe.

À la fois curieux et inquiet de la physionomie de cette fameuse chape de froid tant redoutée, Marchand escorta Goudeau, engoncé dans sa tenue polaire, jusqu'à la sortie de la gendarmerie, suivi par Buisson et Berthier. On aurait dit que le brigadier, au cœur de cette procession silencieuse, s'apprêtait à une mission périlleuse dans une contrée hostile, ce qui n'était pas franchement ce qui définissait le sud Sarthe.

Les journalistes avaient disparu. Il ne restait que trois camionnettes dont les moteurs tournaient pour maintenir le chauffage allumé et éviter à leurs occupants de geler sur place. Goudeau déverrouilla la porte vitrée et l'entrouvrit à peine pour s'échapper dehors sans frigorifier ses collègues. Malgré ses précautions, un voile glacial recouvrit toutes les zones de peau nue des gendarmes, qui frissonnèrent. Il n'y avait pas de vent, ce n'était pas un souffle gelé qui s'était engouffré mais un mur invisible de froid piquant. Il régnait à l'extérieur un silence inédit. Pas un seul piaillement d'oiseau ni aboiement, aucune voix, même le bourdonnement habituel des machines agricoles avait disparu. Les voitures semblaient tout aussi rares, les habitants ayant renoncé à sortir de chez eux.

Marchand s'en voulut d'envoyer Goudeau traîner dans la forêt de Bercé par cette température, mais il devait agir.

– Berthier, je veux que vous trouviez comment les frères Loutrel ont pu se créer un pactole suffisant pour jouer les banquiers. Listez toutes les hypothèses, même les plus improbables.

L'adjudant tenta de ne pas montrer sa déception de quitter le terrain pour rejoindre son ordinateur.

– Buisson, vous venez avec moi. On va rendre visite au maire, il nous aidera peut-être à retrouver Pierre Loutrel. Et ne faites pas cette tête, Berthier. J'aime bien vous avoir avec moi et pas seulement parce que vous êtes le seul Sarthois de l'équipe, mais votre collègue n'a plus qu'un seul œil vaillant. On ne va pas sacrifier l'autre à la lumière agressive d'un écran.

Berthier se sentit rougir en rejoignant son ordinateur sans prononcer un mot ni croiser le regard de Clara. Marchand et sa subordonnée imitèrent les précautions de Goudeau en s'emmitouflant dans leurs habits les plus chauds.

Par un réflexe absurde, ils retinrent leur respiration en passant la porte de la gendarmerie pour trottiner vers leur voiture. Un journaliste se risqua à baisser sa vitre pour s'adresser au chef de la gendarmerie.

– On n'est pas là pour vous emmerder, Lieutenant. Vous pouvez pas faire de la rétention d'info comme ça… Vous allez quand même arrêter d'Ambricourt après sa sortie dans *Le Monde*, non ?

Marchand hésita puis s'approcha de la camionnette du journaliste.

– René d'Ambricourt a choisi l'option des faibles. Le chantage plutôt que d'affronter la vérité. C'est facile de mourir quand les victimes continuent de vivre. « Si vous m'arrêtez, je meurs. » Je ne sais pas s'il est coupable de meurtre, mais il restera gravé dans ma mémoire d'enquêteur comme le plus grand lâche que j'aie jamais croisé.

Le journaliste gratifia le gendarme d'un sourire satisfait. Ce court échange, c'était déjà quelque chose. Il avait obtenu la réponse à la quasi-déclaration de guerre de l'écrivain. Marchand espérait que le concerné la lirait dès le lendemain matin dans un journal quelconque, avant qu'il ne vienne l'arrêter. La lumière du soleil commençait à faiblir. Il lui accordait sa dernière soirée et demain, il viendrait personnellement lui passer les menottes.

Quand Buisson et Marchand atteignirent la mairie de Château-du-Loir, le chauffage de la voiture avait eu le temps de faire grimper difficilement le thermomètre au-dessus de zéro. Ils sortirent du véhicule en frottant leurs mains gantées pour les désengourdir.

Comme les gendarmes étaient au cœur de ses principales préoccupations du moment, le maire les reçut sans attendre. Il espérait qu'ils viennent lui annoncer les conclusions de leurs deux enquêtes. Il soupira quand il comprit qu'ils n'en étaient pas encore là.

– Monsieur Gouyé, est-ce que vous savez où Pierre Loutrel serait susceptible de se cacher ?

– Comment je pourrais le savoir ?

– Vous connaissez mieux les environs que nous. Vous ne pensez à aucun endroit en particulier où il serait facile de se cacher ?

Le maire s'assit dans son fauteuil et réfléchit en tapotant le bureau à l'aide de son stylo.

– Vous avez de la chance qu'on ne soit pas en été. Avec le froid qu'il fait, on peut éliminer déjà toutes les options en pleine nature. Il pourrait évidemment entrer par effraction dans une maison de vacances… Mais ce serait risqué s'il veut se faire discret.

Les gendarmes attendaient que le maire ait terminé de songer à voix haute aux différentes possibilités. Il se redressa soudainement. Une idée vraisemblablement meilleure que celles qu'il avait eues jusque-là venait de surgir dans son esprit.

– Sur les bords du Loir, coincé entre l'eau et le chemin de fer, du côté de Montabon, Port-l'Aumône ça s'appelle, il y a des cabanes de pêcheurs. Certaines sont des bicoques, mais d'autres sont bien aménagées. Mon beau-frère en possède une. En cette saison, il n'y a personne. Ça pourrait être un bon endroit pour se faire discret quelques jours.

– Montrez-moi sur la carte.

– Et l'âne et les boules, ça avance ?

CHAPITRE 4

Évidemment, il y en avait eu, des vols. Comme toujours, comme partout. Rien qu'on puisse considérer comme du grand banditisme susceptible d'enrichir ses instigateurs. Des larcins, des petites sommes… Berthier contemplait l'écran de son ordinateur en faisant passer une boule de Noël rouge d'une main à l'autre. Il l'avait attrapée machinalement dans l'agglutinement de décorations à l'accueil. Il avait cru en ses vertus antistress, qui s'avéraient finalement peu efficaces.

Il ne ressortait rien de probant de la liste des butins non retrouvés dans la région. Si les frères Loutrel s'étaient enrichis grâce à un coup dans une autre région, ou en vendant de la drogue, des objets volés… il ne le découvrirait pas de cette façon.

L'adjudant sentait qu'il ne prenait pas le problème par le bon bout. Une idée germa dans son esprit. Ils avaient peut-être fait des rencontres peu recommandables au cours de leur carrière de malfrats. Il consulta le dossier judiciaire les concernant.

Il commença par lister les voisins de cellule des deux frères, ce qui ne donna rien de concluant non plus. Ils avaient été enfermés avec des délinquants de la même envergure, des voyous pas franchement plus dégourdis ni plus ambitieux. Il devait pourtant bien y avoir une réponse quelque part, un indice qui le mettrait sur la bonne voie.

Il se pencha alors sur le dossier de la défense constitué au cours de leur dernier procès. Le compte rendu des interrogatoires qui mettait en exergue leur main sur le cœur, leur volonté de s'intégrer dans la société… Et l'information lui sauta aux yeux. Une révélation qu'il n'avait pas vu venir, qu'il n'avait pas espéré trouver. Il poussa un cri de victoire satisfait, relut la phrase plusieurs fois sur l'écran de son ordinateur, la nota sur une feuille de papier tout en attrapant son téléphone pour informer son chef de sa trouvaille. Il réalisa alors qu'il avait passé beaucoup plus de temps qu'il n'avait pensé à décortiquer la vie des frères Loutrel. La nuit était déjà tombée, silencieuse et glaciale. Mais sa recherche avait été fructueuse au-delà de ses espérances. Marchand décrocha à la première sonnerie.

– Chef, les frères Loutrel ont travaillé comme jardiniers pour René d'Ambricourt, ils se connaissent.

– Je sais, Berthier. Rejoignez-nous immédiatement à La Bouillonière. Et prenez Arthur Loutrel avec vous.

Marchand raccrocha sans avoir précisé les raisons de cette étrange requête, laissant Berthier déçu de son effet de surprise raté.

***

Maxence Goudeau marchait d'un pas alerte au milieu des arbres austères de la forêt de Bercé. Il avait suivi les recommandations de son chef en garant sa voiture en amont de la propriété de René d'Ambricourt, bien dissimulée sur un chemin de terre. Il exagérait sa démarche volontaire pour contrer le froid violent, écrasant le sol de bois mort et de neige gelée d'un pas lourd. La lumière blafarde qui filtrait au travers des chênes effeuillés accentuait la morosité des lieux. Cette forêt avait plusieurs visages. Il s'était promené dans les parages au milieu de l'été quand le vacarme apaisant de la nature résonnait partout. Cette vitalité estivale avait laissé place au silence de l'hiver glacial. Un temps de mort, c'était l'image qu'en avait le brigadier.

Il fut soulagé de voir se dessiner au loin le mur de protection de La Bouillonière. L'enceinte massive se dressait au milieu de la forêt sans marquer pour autant une coupure nette. Les arbres étaient aussi nombreux et épars d'un côté du mur que de l'autre. René d'Ambricourt n'entretenait pas son terrain, alors même qu'il avait été le jardinier de cette maison avant d'en devenir le propriétaire. Maxence Goudeau songea que c'était peut-être par rejet de sa vie d'avant. Il n'était pas doué en psychologie. Il aimait la pêche et la tranquillité d'un soleil d'été, le monde était souvent trop complexe à ses yeux. Il avait choisi d'être gendarme parce qu'il lui semblait que c'était la meilleure façon d'adoucir une humanité qui se laissait parfois déborder.

Le mur avait vécu. En passant sa main sur le pan devant lui, des bouts de ciment qui maintenaient les pierres s'effritèrent. Il devait faire un peu plus de deux mètres de hauteur et des buissons de barbelés fournis surmontaient son sommet. Des plaques de neige se mêlaient par endroits à la ferraille aiguisée. Il longea prudemment cette enceinte redoutable, le corps recroquevillé. Il cherchait une faille, une fissure quelque part qui lui aurait permis d'observer l'intérieur de la propriété. Le mur était ancien mais malgré les signes d'usure, il restait imperméable. Goudeau se retenait d'accélérer l'érosion en donnant un coup de pied sur une zone déjà affaiblie. Il poursuivit son exploration en cherchant un point d'entrée éloigné du portail. Il craignait de se faire repérer par un éventuel journaliste qui n'aurait pas eu peur d'affronter le froid.

Le gendarme réalisa alors que si le mur était haut et solide, en revanche, les nombreux arbres autour offraient des points d'observation de choix sur la propriété. Goudeau se mit en quête du chêne idéal sur lequel il pourrait grimper sans danger. Il s'arma de patience jusqu'à identifier le poste d'observation parfait. Lorsqu'il trouva enfin un arbre qui lui semblait adapté, il tapota amicalement son écorce froide et s'accrocha à une première branche. Il se hissa sans mal sur l'épaisse tige de bois située à un peu plus d'un mètre cinquante du sol. Là, il se dressa sur la pointe des pieds afin d'évaluer la hauteur à laquelle il devrait s'installer pour disposer d'une vue d'ensemble sur la propriété. Il ne devinait pour l'instant que l'étage supérieur du petit château.

Il s'apprêtait à poursuivre son ascension quand il sentit une résistance étrange au niveau de sa cheville gauche. Une entrave soudaine dont il ignorait l'origine. Il baissa les yeux pour comprendre ce qui l'arrêtait quand sa jambe fut violemment tirée en arrière. Il perdit l'équilibre et chuta lourdement tête la première sur un tapis de neige dure. Il n'eut pas le temps de se relever. Un violent choc sur le crâne le plongea dans un inquiétant sommeil.

***

Le lieutenant Marchand résista à la tentation d'appuyer sur l'accélérateur quand ils quittèrent le centre de Montabon, petit hameau de sept cents âmes à flanc de coteaux. Un centre tout en pente au bout duquel s'échappait une petite route conduisant au cimetière puis à Port-l'Aumône et ses cabanes de pêcheurs, deux kilomètres plus loin. Clara Buisson scrutait les environs à la recherche d'un indice sur la présence possible de Pierre Loutrel. Le chemin goudronné était étroit et ils devaient avancer discrètement pour profiter d'un éventuel effet de surprise. En partant du principe que leur fugitif se trouvait bien dans les environs, comme l'avait suggéré le maire.

Après avoir parcouru un dernier morceau de route chaotique et abrupte, ils passèrent sous un minuscule pont et atteignirent enfin Port-l'Aumône et les bords du Loir. Le lieutenant Marchand gara le quatre-quatre sur une bordure herbeuse et coupa le contact. Le long de la rivière tranquille, les deux gendarmes découvrirent des dizaines de cabanes de pêcheurs aussi différentes les unes que les autres. Le téléphone du chef sonna. C'était un numéro qu'il ne connaissait pas et il répondit sans quitter des yeux le chemin de terre qui séparait la rivière des maisons de fortune.

– Lieutenant Marchand.

– Bonsoir Lieutenant, pardon de vous déranger, c'est Constance…

Tout en restant concentré sur la découverte des environs, il tenta de chercher dans ses souvenirs ce que ce prénom évoquait. Il resta silencieux trop longtemps, si bien que son interlocutrice lui rafraîchit la mémoire.

– La femme de Gédéon…

– Oui, pardon, Constance.

Son ami l'appelait le plus souvent « ma femme », ce qui expliquait cette lacune de sa mémoire.

– Je vous appelle justement à propos de Gédéon… Est-ce qu'il est avec vous ?

Marchand cessa de regarder les alentours pour se concentrer sur la femme de son ami. Il avait très nettement reconnu les intonations de l'inquiétude.

– Non, il n'est pas là. Pourquoi pensez-vous qu'il puisse être avec moi ?

– Disons que je l'espérais… Il est parti tôt ce matin pour régler une affaire vous concernant. Il m'a dit qu'il n'en avait que pour une heure, mais il n'est toujours pas rentré et il ne répond pas non plus sur son téléphone. Cela ne lui ressemble pas de ne pas donner de nouvelles. Ni d'abandonner sa boutique si longtemps…

Le gendarme se remémora le message de Gédéon dans lequel il évoquait un détail à éclaircir. Il n'avait rien précisé quant à la nature de ce qui le tracassait et Marchand n'avait donc pas la moindre idée d'où son ami s'était rendu.

– Je suis désolé, Constance. Je ne peux pas vous aider pour l'instant, je vous promets que je me mets à sa recherche dès que j'ai terminé ici. Je suis certain qu'il va bien. Prévenez-moi s'il vous rappelle.

Il raccrocha puis indiqua à Clara Buisson de le suivre. Il avait un mauvais pressentiment concernant Gédéon. Un optimisme forcé avait beau tenter de chasser de son esprit les pensées désagréables pour rester concentré sur Pierre Loutrel, il n'aimait pas ce nouveau mystère.

Ils sortirent prudemment de la voiture et l'air glacial mordant les frappa aussitôt au visage. La main sur leur arme, ils avancèrent lentement, scrutant les petites maisons les unes après les autres. Si certaines n'étaient que des cabanes de jardin posées au milieu d'un rectangle herbeux, d'autres étaient de véritables villas miniatures, arborant toits fleuris et installations électriques tout confort. Même le milieu de la pêche avait ses inégalités sociales.

À l'étrange silence de la nature rendue muette par le froid s'ajoutait désormais un crépuscule naissant qui ternissait davantage les environs. La lumière molle et grise s'estompait au fil des minutes et Marchand commençait à se demander s'ils n'étaient pas en train de perdre leur temps, lorsque Clara Buisson posa sa main sur le bras de son chef. Il s'arrêta et observa ce qu'elle pointait du doigt.

Une lueur blanche tremblotante transperçait à travers de fins rideaux à l'étage d'une maisonnette étroite. Le signe manifeste qu'une télévision fonctionnait. Comme le maire l'avait souligné, ce n'était pas franchement une météo à se mettre au vert au bord du Loir. Il n'y avait par ailleurs aucune voiture garée devant cette cabane améliorée. Les deux gendarmes poussèrent le petit portail de bois et pénétrèrent à l'intérieur de la parcelle de terrain sur la pointe des pieds.

Amaury Marchand faisait signe à Clara Buisson de faire le tour du petit bâtiment quand une lumière jaillit au-dessus de la porte d'entrée. Ils se figèrent dans un réflexe absurde, comme si le spot allait s'éteindre s'ils restaient immobiles. Ils avaient été repérés par le détecteur de mouvements et regardaient maintenant vers le haut de la cabane afin de s'assurer que leur arrivée moins discrète que prévu n'avait pas été remarquée. Il sembla au lieutenant que le rideau avait frémi, mais ce pouvait être une illusion d'optique causée par les lumières de l'écran qui scintillait derrière. Il se déplaça lentement vers Clara Buisson qui avait fait un pas de côté pour s'éloigner du faisceau braqué sur l'étendue d'herbe devant la cabane.

Le puissant projecteur était placé au-dessus de la porte, ce qui la rendait à peine visible, si bien que les deux gendarmes s'aperçurent trop tard qu'elle venait de s'ouvrir. Pierre Loutrel pointait son fusil dans leur direction. Le lieutenant chercha les mots pour le dissuader, il bafouilla un ordre qui se perdit dans la violence d'une détonation.

Quand Marchand réalisa qu'il n'avait reçu aucun impact, il se jeta vers Clara Buisson qui avait roulé sur le sol. Il tenta de sortir son arme mais deux nouvelles détonations le firent renoncer. Il se contenta de fermer les yeux et de s'allonger sur la jeune gendarme dans un réflexe protecteur. Il entendit alors une voix crier à quelques mètres.

Un homme intimait l'ordre à Pierre Loutrel de jeter son arme et de se rendre. Marchand leva la tête vers cet inconnu qui brandissait son pistolet en direction de la cabane. Il était habillé en jean de la tête aux pieds et portait des lunettes teintées malgré l'obscurité qui les entourait désormais. Sa veste denim gonflée révélait la présence de couches de vêtements plus chauds, le jean n'étant pas adapté à l'épisode de froid qu'ils traversaient. C'était une coquetterie étonnante de privilégier ce vêtement de mi-saison au détriment du confort.

– Capitaine Aurélien Groussier, de la police d'Angers. C'est la commissaire Élodie Horry qui m'envoie. Elle a dit que vous aviez besoin d'aide. J'ai l'impression qu'elle avait pas tort.

Amaury Marchand prit alors conscience que la totalité des coups de feu avait retenti non pas depuis la maison mais dans leur dos. Le policier était à l'origine des trois tirs. Il pointait toujours son arme vers la porte difficilement visible sous le spot. L'embrasure était désormais vide.

– Comment vous saviez qu'on était là ?

– J'ai fait comme vous : j'ai demandé au maire.

Le gendarme sortit à son tour son pistolet pour épauler leur sauveur et il s'assura que Clara Buisson allait bien. Elle se releva en se tenant le poignet et grimaça de douleur sous son œil bleuté. Amaury Marchand aperçut alors sur le sol la grosse pierre de tufeau sur laquelle sa subordonnée s'était jetée dans la précipitation.

– Je crois que j'ai le poignet cassé, chef. Il y a des semaines où on ferait mieux de rester au lit…

Un puissant bruit de moteur les fit sursauter. Le grondement aigu caractéristique d'une moto conçue pour le cross. Pierre Loutrel était en train de leur échapper en fonçant sur les rails de chemin de fer qui longeaient l'arrière des cabanes de pêche.

Ils le virent s'éloigner dans la direction opposée à Château-du-Loir.

Le lieutenant Marchand soupira. Depuis que l'affaire avait commencé à montrer quelques avancées, il avait le sentiment d'être toujours en retard. Le capitaine Groussier tapota amicalement l'épaule du gendarme et lui tendit sa carte de visite avec ses coordonnées. Il annonça ensuite, d'une voix contrite qui s'excusait de son départ précipité :

– Je suis chargé de l'interroger.

Et il rejoignit la voie de chemin de fer en courant. Les deux gendarmes se demandèrent un instant si le policier angevin avait l'intention de poursuivre son suspect à pied, mais ils entendirent dans la nuit les crissements de roues sur des graviers. Il avait garé sa voiture plus loin et se lança à la poursuite de Pierre Loutrel en longeant les rails. Le lieutenant chargea Clara Buisson de prévenir les patrouilles sarthoises de la fuite de leur suspect et d'appeler Spandoni pour lui dire que sa journée de congé maladie venait de prendre fin. Il devrait serrer les dents et se joindre aux recherches. Marchand n'avait pas le luxe de ménager son équipe trop peu nombreuse.

Pendant que Clara se saisissait de son talkie-walkie, le chef de la gendarmerie pénétra dans la cabane, l'arme pointée devant lui. Le rez-de-chaussée était constitué d'un modeste salon à peine meublé, complété d'un coin cuisine. Il supposa que les cadavres de bières au milieu des objets soigneusement rangés avaient été abandonnés là par Pierre Loutrel. La fenêtre de l'espace cuisine située à l'arrière de la pièce avait été fracassée. L'aîné des Loutrel avait programmé sa fuite en garant sa moto près de la fenêtre.

Le gendarme ne trouva rien de plus dans cette partie de la cabane et s'aventura à l'étage, le doigt sur la gâchette. Les applaudissements et la voix enjouée d'un animateur de jeu télévisé rendaient Amaury Marchand nerveux. Ce brouhaha de joie factice alors qu'on venait de le menacer avec un fusil de chasse le mettait mal à l'aise. Une fois certain que la chambre et la salle de bain qui constituaient tout l'étage étaient bien désertes, il éteignit le téléviseur accroché au mur en face du lit et entreprit de fouiller dans les affaires abandonnées par Pierre Loutrel. Quelques habits, des cartouches pour son fusil… Rien de fascinant. Il remarqua alors le téléphone fixe posé sur la table de nuit.

On s'était énervé dessus, le combiné et le clavier avaient été abîmés comme si quelqu'un avait frappé sur l'un à l'aide de l'autre. Manifestement, Pierre Loutrel avait passé un appel qui ne lui avait pas plu. Marchand s'assura que le téléphone fonctionnait encore malgré le traitement qu'on lui avait infligé, puis il appela Eva Duong qui répondit dès la première sonnerie. Il commença par lui demander de noter le numéro avec lequel il l'appelait avant de lui expliquer ce qu'il attendait d'elle.

– Je veux connaître la liste des numéros qui ont été en communication avec cette ligne au cours des dernières heures. C'est Pierre Loutrel qui l'a utilisée.

Eva Duong promit à son chef de le rappeler dans une poignée de minutes, le temps qu'elle obtienne l'information. Marchand espérait avoir ainsi un indice sur la destination de leur fuyard. Il sortit de la cabane et trouva Clara Buisson en train d'examiner de sa main encore vaillante un plan des environs affiché sur son téléphone.

– À environ cinq cents mètres, il y a une route qui croise la voie ferrée, elle rejoint la nationale. Ce serait une erreur de s'engager de ce côté-là. Une moto cross ne passerait pas inaperçue et elle se ferait vite rattraper par n'importe quelle voiture. Je pense qu'il a emprunté ce chemin de terre après une toute petite portion de route. C'est ce que j'aurais fait à sa place…

– Et il mène où, ce chemin ?

Marchand décrocha son téléphone sans attendre et mit le haut-parleur pour que Clara Buisson entende ce que Eva Duong avait trouvé.

– Pierre Loutrel s'est acharné à composer un seul et même numéro… en vain. Il a tenté de le joindre pas moins de trente-sept fois.

– Vous savez qui il cherchait à joindre ?

– Je pense que ça va vous plaire, chef…

– Je suis pas d'humeur, Eva, nous avons un suspect en fuite.

– René d'Ambricourt.

Clara Buisson vérifia aussitôt sur le plan.

– En suivant ce chemin de terre, Pierre Loutrel peut atteindre facilement la forêt de Bercé, et la maison de l'écrivain en coupant à travers bois.

– Eva, vous restez avec les deux retraitées jusqu'à nouvel ordre. Clara, rappelez Spandoni, je m'occupe de Berthier et du capitaine Groussier, je veux un maximum de monde à La Bouillonière.

***

Héloïse Bergaux relut une dernière fois son article dans lequel elle dévoilait en exclusivité l'identité de la victime de la forêt de Bercé. Elle était reconnaissante au lieutenant Marchand de l'avoir mise dans la confidence. Elle allait doubler les Parisiens et se faire un nom dans la région. Elle préférait s'illustrer au *Maine Libre* qu'être une journaliste de plus, perdue dans l'univers impitoyable de la presse parisienne. Et elle était bien obligée d'admettre qu'elle s'était attachée à la Sarthe.

Pourtant, elle n'était pas arrivée au Mans par choix. Elle avait accepté un poste là où on lui offrait sa chance. C'était peut-être le secret pour tomber amoureux d'un endroit. S'y installer avec des pieds de plomb pour n'avoir plus d'autre solution que de se laisser charmer. Elle avait cru se retrouver enfermée dans le pays de la rillette et des courses automobiles, alors qu'elle n'aimait ni l'un ni l'autre, elle avait finalement découvert une population discrète, agréable et bienveillante. Elle s'était laissée envoûter par la douceur de vivre de la région. Des vignes sans grands crus, des châteaux sans démesure, des champs à perte de vue et des forêts éparses. La région l'avait séduite par sa simplicité. Elle aimait la modestie qui ne courbe pas l'échine pour autant. À l'image du lieutenant Marchand.

Elle sourit en pensant à ce gendarme et à ses faux airs sévères quand il s'adressait à elle. C'était un homme doux sous son professionnalisme intransigeant. Elle s'en était d'abord défendue avant de l'admettre en haussant les épaules : Amaury Marchand lui plaisait. À première vue, il était l'opposé exact du type d'hommes qu'elle avait aimés. Des exubérants souvent un peu hippies. Pas un gendarme qui se tient droit. Mais comme pour les lieux, c'était peut-être aussi avec des pieds de plomb qu'on pouvait faire les plus belles rencontres.

La vague glaciale était en train de s'abattre sur la région et Héloïse sirotait son thé en regardant par la fenêtre de sa chambre d'hôtel. Elle avait vue sur un parking trop grand qui ne se remplissait que les jours de marché, ainsi que sur la mairie toute blanche de Château-du-Loir. Elle avait préféré rester dans cette ville pour mener son enquête plutôt que de rentrer au Mans. Elle pouvait à tout moment bondir chez l'un ou l'autre des protagonistes de l'affaire sans perdre de temps. Après une ultime relecture de son article, elle prit sa respiration et le publia sur le site.

Elle attrapa ensuite le dernier livre de René d'Ambricourt, *Et encore des cadavres*. Il y avait dans ces pages une énigme qui lui résistait. Elle aurait pu mentionner son existence dans son article, afin que d'autres amateurs du genre entreprennent de la décrypter. Mais elle désirait égoïstement être celle qui résoudrait ce secret avant tout le monde. Elle feuilleta donc une nouvelle fois la dernière parution de l'auteur dans l'espoir d'une révélation. Elle s'accordait une dernière tentative avant de se pencher sur les deux victimes du Mans et sur Charles de Valois, à la demande d'Amaury Marchand.

Elle lut chaque premier mot de chaque page avant de réaliser que c'était impossible que l'énigme se cache dans la forme. Il aurait fallu que l'écrivain s'assure que la mise en page concorde avec son code. Elle connaissait la complexité à mettre de l'ordre dans l'alignement des phrases et paragraphes dans un journal, elle supposait que les contraintes étaient similaires pour un roman. Il fallait chercher du côté du contenu du texte. Elle se rappelait ce que lui avaient dit les deux retraitées : l'amour de René d'Ambricourt pour le chiffre sept. Ce type était tordu.

Et encore des cadavres était composé d'un grand nombre de petits chapitres, donnant un rythme saccadé au roman qui l'avait ennuyée. Il y avait trente-deux chapitres en tout, elle décida de se concentrer sur les multiples de sept. Elle isola ainsi les chapitres sept, quatorze, vingt et un et vingt-huit. Ils ne présentaient rien de particulier à première vue. Pas de chiffre à assembler pour de nouvelles coordonnées GPS qui auraient pu conduire à une autre scène de crime. Enfin, si, il y avait un chiffre. Le dernier mot du chapitre sept était « cinq ». Mais tout seul, il n'apportait rien de spécial. Par curiosité, Héloïse fit défiler les pages pour vérifier les derniers mots des chapitres multiples de sept qu'elle avait isolés.

Son visage se décomposa au fur et à mesure qu'elle alignait les mots les uns avec les autres. Elle posa sa tasse de thé en tremblant sur la petite table de chevet et la laissa se renverser sans y prêter la moindre attention. Elle était trop concentrée à lire les quatre mots en boucle à voix haute. Elle reprit le livre depuis le début pour s'assurer qu'elle n'avait pas commis d'erreur. Le dernier mot du septième chapitre était « cinq », celui du quatorzième chapitre était « morts », à la fin du vingt et unième il y avait « avant », et enfin « Noël » pour conclure le chapitre vingt-huit. *Cinq morts avant Noël*. Le livre était sorti six mois plus tôt, il y avait de bonnes chances qu'il s'agisse du Noël de cette année. Un mort avait déjà été retrouvé près de chez René d'Ambricourt, auquel on pouvait ajouter les deux tués du Mans puisque les affaires semblaient liées d'après Marchand… Il en manquait donc deux. Deux morts avant Noël, on était le 23 décembre et la nuit était déjà en train de tomber. D'ici un peu plus de vingt-quatre heures, il y aurait peut-être deux victimes de plus.

Elle se précipita sur son téléphone et appela le lieutenant. Elle jura en tombant sur sa messagerie. Elle ne réfléchit pas longtemps avant de prendre sa décision. Elle enfila ses vêtements les plus chauds et récupéra les clés de sa voiture, qui baignaient dans le thé sur sa table de chevet. Elle allait rendre visite à René d'Ambricourt à La Bouillonière.

***

Suzanne déposa une tasse de thé au lait et quelques gâteaux devant Eva Duong qui venait de terminer sa conversation téléphonique. Le lieutenant Marchand lui demandait d'effectuer des recherches sur une ligne de téléphone en lien avec Pierre Loutrel. Tandis que la page chargeait sur son ordinateur, elle sourit à la vieille femme.

– Merci, Madame.

– Je vous ai déjà dit, vous pouvez m'appeler Suzanne.

La retraitée restait plantée devant la gendarme, Odette dans son dos. Eva but une première gorgée, pensant que cela ferait partir les deux femmes qui la dévisageaient. Elle trempa un biscuit au beurre dans le liquide chaud et savoura l'agréable association. Mais Suzanne et Odette ne bougeaient toujours pas. La page continuait de charger sur son ordinateur. Son boîtier wifi était capricieux.

– Vous voulez me dire quelque chose ?

– Votre chef, le lieutenant Marchand, il nous a demandé d'arranger les guirlandes et la décoration dans votre gendarmerie. C'est vrai que c'est tristounet… Et même si Noël est demain soir, il n'est jamais trop tard pour mettre un peu de gaieté. Pas vrai, Odette ?

La vieille dame prise à partie hocha la tête en regardant le plafond. Il ne faisait absolument aucun doute pour Eva Duong que Suzanne mentait. Elle imaginait mal Marchand donnant son feu vert pour que ces deux indiscrètes viennent fureter dans la gendarmerie. D'autant que son chef avait des préoccupations beaucoup plus importantes dans l'immédiat que l'ambiance de Noël. Pourtant, Suzanne avait aiguisé sa curiosité. Qu'est-ce que les deux femmes attendaient d'elle ?

– Vous voulez que nous partions tout de suite ?

– Nous ? Oh non, ne vous embêtez pas, profitez-en pour rentrer vous reposer. Il ne peut rien nous arriver dans une gendarmerie !

Elles rirent bruyamment tandis qu'Eva Duong sirotait son thé en cherchant ce qu'elles mijotaient. La page afficha enfin les réponses souhaitées sur son ordinateur et Eva appela aussitôt le lieutenant pour lui faire part de sa découverte.

– Pierre Loutrel s'est acharné à composer un seul et même numéro… en vain. Il a tenté de le joindre pas moins de trente-sept fois.

La conversation dura à peine plus d'une minute et quand elle raccrocha après avoir reçu l'instruction de veiller sur Suzanne et Odette, ces dernières étaient toujours là, à la dévisager.

– Je ne peux pas vous laisser seules. Ce sont les ordres.

– Très bien, nous comprenons. Si cela vous convient, Eva, on se mettra en route dès que vous avez terminé votre tasse de thé ?

La gendarme acquiesça, étonnée que Suzanne n'insiste pas davantage. Elles formaient un drôle de duo, songea-t-elle en les regardant quitter le salon où elle avait élu domicile temporairement. La maison de Suzanne donnait sur une rue étroite et le soleil avait déjà entamé sa descente. Eva se leva pour allumer quelques lampes et elle fut prise d'un vertige qui la déstabilisa. Elle fronça les sourcils et fit quelques pas vers la table de la salle à manger. Elle se retint de justesse et s'assit sur une chaise en osier pour reprendre ses esprits. Elle ressentait soudainement une immense fatigue. Chaque geste lui semblait un effort insurmontable. Sa vue se troublait également et elle devina à peine les vieilles femmes qui l'observaient à l'autre bout de la pièce.

Elle comprit alors ce qui était en train de lui arriver. Suzanne avait mis quelque chose dans son thé. Eva leur tourna le dos et sortit son téléphone pour prévenir Marchand. Elle lutta pour se concentrer mais sa vue se troublait et l'épuisement était trop intense. Elle posa la tête entre ses bras croisés sur la table et sombra, incapable de lutter plus longtemps. Les derniers mots qui lui vinrent à l'esprit et qui l'auraient étonnée si elle en avait été encore capable, parce que les jaillissements de la mémoire sont étranges, furent « Abby » et « Martha », les prénoms des deux vieilles tantes dans ce film qu'elle adorait : *Arsenic et vieilles dentelles*.

***

Berthier avait devancé le lieutenant Marchand en lui téléphonant au moment où ce dernier cherchait à rassembler un maximum d'hommes à La Bouillonière. Le chef de la gendarmerie avait dû en revanche se contenter d'un message sur le répondeur du capitaine Groussier qui n'avait pas décroché. Il n'avait pas non plus réussi à joindre Goudeau, ce qui le contrariait davantage. Le brigadier était déjà en planque sur place et l'avertir de l'arrivée possible de Pierre Loutrel leur aurait donné un avantage non négligeable.

Au volant du quatre-quatre, il se concentrait pour éviter une sortie de route sur le chemin de terre cahoteux. Cet itinéraire leur faisait perdre du temps, mais ils devaient tenter le coup. Si Clara Buisson avait vu juste et que Pierre Loutrel avait réellement emprunté ce chemin, ils avaient une chance de le coincer avant qu'il n'atteigne La Bouillonière. La conduite d'une moto sur ce type de terrain était délicate et la peur d'être rattrapé pouvait faire commettre une erreur à leur fuyard. Par ailleurs, le lieutenant comptait sur les températures extrêmes pour inciter l'aîné des Loutrel à se rendre.

Marchand roulait aussi vite que les conditions le permettaient. Les puissantes torches du quatre-quatre balayaient les arbres et la route de plus en plus incertaine dans la nuit maintenant noire. Il n'y avait nulle trace de Pierre Loutrel. Il espérait au moins que Berthier l'avait devancé.

Clara Buisson serrait les dents ; chaque remous de la voiture provoquait des décharges fulgurantes dans son poignet. Son chef ne remarquait pas ses grimaces douloureuses et fonçait, inquiet, vers une issue qui ne promettait rien de réjouissant.

Ils bifurquèrent à travers la forêt après une trop longue errance au goût de Marchand, et ils récupérèrent la route départementale jusqu'à la propriété de l'écrivain. Des voitures étaient garées devant le portail fermé. Les gendarmes pensèrent d'abord qu'il s'agissait de journalistes qui espéraient toujours parler à René d'Ambricourt.

En s'approchant de l'entrée de La Bouillonière, lampe de poche à la main, Marchand reconnut d'abord le véhicule de Charles Rouillard, puis la vieille Xantia d'Odette. Il fronça les sourcils. Qu'est-ce que cette bande-là trafiquait chez René d'Ambricourt ?

Deux nouvelles voitures surgirent dans la nuit et se garèrent sur le bas-côté. Berthier et Spandoni, son pansement sur le nez, sortirent de la première. Le gendarme qui avait dû renoncer à son congé affichait franchement son mécontentement en fusillant son chef du regard. Mais ce dernier était surtout contrarié par leur arrivée tardive. Berthier avait fait un détour pour récupérer Spandoni. L'adjudant récupéra Arthur Loutrel, menotté à l'arrière du véhicule, et le prisonnier jura dès le premier pied dehors.

– Je vais crever de froid, vous avez pas le droit !

Dans la seconde voiture se trouvait la journaliste Héloïse Bergaux. Elle trottina vers Marchand, la mine préoccupée, et dévoila d'un souffle inquiet le contenu de sa découverte.

– « Cinq morts avant Noël », c'est la solution de l'énigme, dans le dernier livre de René d'Ambricourt ! Et Noël, c'est demain soir. Si on compte les deux morts du Mans et le cadavre dans la forêt de Bercé, il reste donc deux morts d'ici demain.

Le gendarme eut besoin de quelques secondes pour enregistrer l'information. Son cerveau était encore en quête d'une explication quant à la présence de la famille Rouillard. Il devait agir et réfléchir plus tard.

– Chef, regardez !

Clara Buisson pointa le faisceau de sa lampe au pied d'un chêne planté au bord de la route. La carrosserie métallique d'une moto, lâchée à la hâte sur la neige éparse, scintillait dans la lumière. Ils avaient vu juste quant à la destination de Pierre Loutrel. Marchand ordonna à tout le monde de dégager le passage. Il démarra le quatre-quatre, zigzagua entre les voitures et donna un violent coup d'accélérateur lorsqu'il se trouva devant le portail. Ce dernier céda sans résistance et le petit groupe s'engouffra dans la propriété d'un seul mouvement.

Son arme à la main, Marchand ordonna à Spandoni de rester près du quatre-quatre avec Héloïse Bergaux. Il avait à peine commencé à esquisser son plan d'approche quand un cri retentit du côté de la maison. C'était une voix féminine. Le lieutenant se mit aussitôt à courir, suivi par son équipe à l'exception de Spandoni, satisfait de son rôle de protecteur à l'arrière. Même si le froid saisissant l'obligeait à sautiller sur place.

Toutes les lampes de La Bouillonière étaient allumées. La lueur qui émanait des fenêtres éclairait étrangement les chênes alentour, créant des ombres immenses entre les arbres. La lumière reflétée sur les plaques de neige glacées par le froid semblait jaillir du sol par certains endroits. La Bouillonière présentait toutes les caractéristiques de l'inquiétante maison perdue au milieu de la forêt comme on se les figurait dans les contes pour enfant. Avec sa fausse aura accueillante dans ce froid qui appelait à s'abriter.

Tout était à nouveau silencieux. Le cri avait cessé. Un calme qui n'augurait rien de bon. Marchand et son équipe se rapprochaient prudemment de la demeure massive. Et l'horreur se présenta alors, sous les yeux terrifiés des gendarmes et d'Arthur Loutrel.

Suzanne surgit près de la maison et se positionna dans la lumière d'une fenêtre, au pied du mur, les yeux levés vers le deuxième étage où l'on devinait, en retrait, la présence d'un homme. Elle avait manqué tomber en se plaçant les pieds joints sur une couche de neige durcie. Odette se tenait un peu en amont de Suzanne et recommença à crier, terrifiée, des bribes de mots incompréhensibles sortant de sa bouche. Comme une réponse à sa plainte inhumaine, un hurlement grave et sinistre s'échappa par la fenêtre et la silhouette énorme de l'homme se dressa dans l'embrasure. Marchand reconnut René d'Ambricourt. Il était entièrement nu et rugissait de sa voix caverneuse et sans souffle. Il regarda la vieille femme emmitouflée dans sa doudoune à fleurs quelques mètres en dessous de lui et se laissa tomber dans le vide.

L'écrivain s'écrasa lourdement deux étages plus bas, engloutissant Suzanne Rouillard sous sa masse immense. Au moment de l'impact, un craquement lugubre résonna contre les murs de la maison et parmi les troncs d'arbres environnants. Le corps nu de l'écrivain s'était ouvert en deux.

Dans un silence pétrifié, les témoins de cette scène abominable virent alors l'enveloppe charnelle de René d'Ambricourt s'étaler doucement, comme un ballon se dégonflant, au fur et à mesure que ses organes tièdes s'échappaient de sa peau déchirée, provoquant de terrifiantes fumeroles dans l'air glacial. Personne n'osait imaginer ce qu'il était advenu de Suzanne, totalement avalée sous la masse inerte.

Le lieutenant Marchand fut sorti de sa torpeur par une nouvelle silhouette qui apparut à la même fenêtre d'où s'était jeté René d'Ambricourt. Il pointa son arme dans sa direction et s'avança prudemment en se tenant à bonne distance du corps fumant de l'écrivain. L'homme à la fenêtre recula d'un pas mais Marchand eut le temps de le reconnaître. Il baissa son arme et s'adossa contre le tronc d'un chêne pour ne pas vaciller. Plus rien n'avait de sens. René d'Ambricourt, Suzanne Rouillard, Odette qui avait recommencé à hurler, et son ami Gédéon… C'était lui qu'il avait vu à la fenêtre, il n'avait aucun doute. Qu'est-ce que l'épicier de Château-du-Loir faisait ici ? Tout semblait lui échapper, il ne voyait pas les liens. Il était dépassé par l'horreur et l'incompréhension.

– On devrait peut-être vérifier, chef ?

Marchand regarda l'adjudant Berthier sans comprendre, le regard hagard.

– Vérifier ?

– Suzanne Rouillard, comment elle va… là-dessous.

La porte de la maison s'ouvrit violemment et Charles Rouillard apparut sur le porche. Clara Buisson et l'adjudant Berthier dégainèrent discrètement leurs armes.

– Où est ma mère ? Maman ?

Sa femme, Pétronille Rouillard, le suivait de près. Elle contempla le parterre de gendarmes qui venait d'être rejoint par Spandoni et Héloïse Bergaux qui avait refusé de rester en arrière. Pétronille devint blême en apercevant Arthur Loutrel au milieu des hommes en uniforme. Charles Rouillard s'avança sans prêter attention à la petite troupe devant la maison, ni aux pistolets dans les mains des gendarmes.

– Maman ? Vous êtes où ?

Il entendit les sanglots d'Odette qui ne criait plus et qui hoquetait désormais, le corps traversé de tremblements, sans parvenir à détacher les yeux des restes aplatis de l'écrivain. Le fils de Suzanne chercha ce qui mettait l'amie de sa mère dans cet état et il eut un haut-le-cœur en découvrant René d'Ambricourt allongé sur le ventre, entièrement nu, les viscères exposés sur les côtés dans la neige rougie.

Il voulait détourner le regard mais n'y parvenait pas. Sous cette masse de chair nue ensanglantée, il devinait un pan de manteau qui dépassait. Un manteau à fleurs qu'il avait vu si souvent. Il ne connaissait que deux personnes qui portaient ce manteau. Odette et sa mère. Et Odette se tenait devant lui. Charles Rouillard se précipita pour dégager sa mère. Il tira sur le bout de manteau qui dépassait, étalant au passage les intestins violets de l'écrivain. Berthier se précipita pour l'aider, dans l'espoir ténu que la vieille femme soit encore en vie.

Ils la libérèrent de sa prison de chair sans qu'ils ne puissent plus rien pour elle. Son corps avait été plié en deux, à l'envers, l'arrière de son crâne touchant ses talons. Son dos avait été brisé sur le coup.

Charles Rouillard se mit à hurler et roua de coups le corps inerte de René d'Ambricourt. Il fut stoppé dans sa fureur par un coup de fusil assourdissant dont l'écho se répercuta entre les arbres et contre le mur de la maison.

Pierre Loutrel sortit de la pénombre des chênes centenaires pour apparaître dans la lumière des fenêtres, son fusil de chasse encore fumant pointé vers les gendarmes.

– Jetez vos armes. Chacun votre tour. Le chef d'abord.

Le lieutenant donna l'exemple et son équipe suivit.

– Maintenant, retirez les menottes de mon frère.

Clara Buisson interrogea Marchand du regard qui approuva d'un hochement de tête. Il était étrangement calme, perdu dans ses pensées, ce qui ne la rassurait pas. Le prisonnier libéré vint se placer dans le dos de Pierre Loutrel. Ce dernier hésitait maintenant sur la marche à suivre. Il pointa son canon en direction de Charles Rouillard, assis dans la neige, les épaules affaissées, pleurant comme un enfant, du sang sur le visage.

– C'est l'autre enfoiré de d'Ambricourt qui est là-dessous ?

Personne ne répondit. Il balaya le groupe de la pointe de son fusil.

– Je vous ai posé une question !

– Oui, c'est lui.

Pierre Loutrel visa du côté de l'entrée de la maison d'où était parvenue la voix. Gédéon se tenait debout sur le perron, les yeux rivés sur la scène infernale des deux morts soudés l'un à l'autre.

Spandoni profita de ne plus être dans le champ de vision de l'aîné des Loutrel pour se jeter sur lui. Mais Arthur Loutrel poussa un cri au moment où le gendarme bondissait vers son frère. Pierre n'eut pas le temps de tirer mais envoya un coup de crosse dans le nez enrubanné de son assaillant. Spandoni hurla de douleur en se tenant le nez à deux mains. En s'effondrant au sol, il envoya un coup de pied rageur dans le tibia de son agresseur qui perdit l'équilibre et tomba à son tour. L'adjudant Berthier et Clara Buisson se précipitèrent vers les deux hommes à terre tandis que Marchand récupérait son arme sur le sol. Il la pointa vers Arthur Loutrel qui leva les mains sans chercher ni à se défendre ni à aider son frère. Comme le lieutenant, mais de l'autre côté de la barrière de la loi, il assistait, incrédule, à ce qui se tramait. Jusqu'à en oublier l'implacable étau du froid sur son corps mal équipé.

Spandoni boxa consciencieusement à deux reprises le nez de Pierre Loutrel, dicté par une logique d'équité revancharde et par la rage que suscitait en lui la brûlure au milieu de son visage, encore plus irradiante qu'au premier assaut. Il s'assit ensuite sur une plaque de neige gelée et palpa son nez sous les bandages. Une main se posa sur son épaule.

– Merci, Spandoni, pour votre intervention…

– Ce serait encore mieux si vous aviez l'air moins surpris.

Marchand sourit et tendit la main vers le gendarme qui ressemblait définitivement à un clown maintenant que son pansement sur le nez était teinté de sang. Le major attrapa la main tendue et se releva.

Marchand et Spandoni se souriaient, un sourire en coin entendu qui savait ce qu'il en était de leur relation pas toujours sans houle. Clara Buisson murmura à l'oreille de l'adjudant Berthier :

– Sans tous ces morts, on aurait presque l'impression que l'esprit de Noël frappe enfin.

Des sirènes retentirent tout près et on devina parmi les arbres les teintes bleutées des gyrophares. Le capitaine Groussier avait convoqué le ban et l'arrière-ban de la justice : policiers en uniformes, ambulanciers, un médecin, sa cheffe Élodie Horry, le procureur et même Thierry Gouyé, le maire de Château-du-Loir, que le magistrat avait prévenu. Tout ce monde muni de lampes torches et emmitouflé dans des vêtements chauds s'avançait vers la lumière émise par la maison.

– Seigneur Dieu…

Le maire s'était approché, intrigué par les fumerolles qui émanaient d'un curieux amas au pied du mur et près duquel pleuraient Charles Rouillard et Odette Flanquet. Les nouveaux arrivants restaient muets devant ce spectacle immonde. La mort n'était déjà pas jolie, elle montrait là toute l'horreur dont elle était capable.

– Un médecin, vite, par ici !

Clara Buisson appelait depuis l'entrée de la maison. Le médecin s'engouffra, suivi des brancardiers et de Marchand.

Goudeau avait l'air minuscule, allongé sur un canapé démesuré dans le salon de La Bouillonière. Il avait les yeux fermés, du sang séché incrusté sur son front. Le médecin rassura les gendarmes : il était vivant. Et comme pour le prouver, Goudeau ouvrit une paupière, puis l'autre. Il grimaça en tentant de bouger la tête.

– Je suis où ?

– Dans la maison de l'horreur.

Clara Buisson avait lancé cette réponse énigmatique avec un sourire radieux et le brigadier qui peinait à garder les yeux ouverts se demandait s'il n'était pas en train de rêver. Le médecin poursuivit son examen, vérifia les réflexes, tâta le crâne avec douceur, constata la présence d'une solide bosse.

– Vous pouvez nous dire ce qui vous est arrivé, Goudeau ?

Le gendarme se concentra pour répondre à son chef. Des bribes d'images lui revinrent, qu'il associa progressivement pour reconstituer les derniers événements.

– J'étais dans la forêt, je m'approchais discrètement comme vous me l'avez demandé, et… rien. On est chez l'écrivain ?

Le lieutenant sortit du salon et croisa Berthier et le capitaine Groussier en train de redescendre les marches de l'immense escalier.

– C'est incroyable, chef. Vous devriez monter voir.

– Qu'est-ce qu'il y a, là-haut ?

– Rien.

Une inquiétude grandissante gonflait dans le ventre de Marchand. Il n'aimait pas cette perte de contrôle, cette sensation d'être à côté de tout, de battre les bras dans le vide. Il gravit les marches jusqu'à la porte blindée à code qui isolait le premier étage. Contrairement à leur dernière visite, elle était grande ouverte et le gendarme effectua quelques pas timides dans le couloir qui la longeait. De part et d'autre de ce corridor qui s'étendait sur toute la largeur de la maison se trouvaient des chambres en enfilade. Chacune d'elles possédait sa salle de bain et ses toilettes. Et rien d'autre.

Les pièces avaient été soigneusement vidées de tous leurs meubles. On devinait dans certaines d'entre elles des marques sur les murs et au sol qui prouvaient qu'il y avait bien eu des objets, des tableaux… Mais tout avait été retiré et les pièces soigneusement nettoyées. Berthier avait raison, il n'y avait rien.

– Lieutenant ?

Il redescendit à l'appel du procureur qu'il trouva en bas des marches, accompagné de la commissaire Élodie Horry, du capitaine Aurélien Groussier et du maire.

– Vous nous expliquez ?

Ils se rassemblèrent dans l'immense salon où Goudeau se remettait peu à peu de son choc sur la tête, toujours allongé sur le grand canapé. Berthier alluma un feu dans la cheminée et un policier en uniforme installa devant la flambée rassérénante Odette, Gédéon, Charles Rouillard et sa femme Pétronille, tous encore sous le choc. Les frères Loutrel étaient menottés dans un autre coin de la pièce et Héloïse Bergaux se tenait également un peu à l'écart, préférant se faire oublier pour que les langues ne craignent pas de se délier.

Dehors, des policiers d'Angers venus en renfort montaient la garde autour des deux corps imbriqués qui ne fumaient plus, immobiles dans la mort et le froid. Une équipe de la police scientifique était en route.

Le procureur balaya la pièce du regard avant de s'adresser au lieutenant.

– Y a du monde.

C'était une question déguisée en affirmation. Marchand aurait voulu des réponses, lui aussi, et il n'était pas certain du chemin à suivre. Comment s'y prendre pour donner l'illusion au procureur qu'il avait encore la maîtrise de la situation ?

– Commençons par vous, Lieutenant, qu'est-ce que vous êtes venu faire ici ?

– Pierre Loutrel s'est enfui de la cabane de pêcheur où nous l'avons retrouvé et nous avions de bonnes raisons de penser qu'il allait se rendre chez René d'Ambricourt. Nous avons découvert qu'il connaissait l'écrivain grâce, entre autres, à l'adjudant Berthier.

Marchand fit signe au jeune gendarme de s'approcher. Celui-ci rougit, intimidé par ce parterre de gens importants, et s'éclaircit la gorge.

– Avant leur dernier séjour en prison, les frères Loutrel ont travaillé plusieurs mois pour René d'Ambricourt. Jardinage, tâches diverses… C'était indiqué dans leur dossier. Leur avocat s'est servi de cet emploi pour montrer qu'ils étaient capables de s'intégrer dans la société.

– Quel rapport avec notre affaire ?

Marchand prit à nouveau la parole pour répondre au procureur.

– L'argent est revenu plusieurs fois dans nos enquêtes. Les victimes du double meurtre du Mans ont obtenu un prêt des frères Loutrel. Mais on ne savait pas d'où ils tenaient cet argent. Même chose lorsque Charles Rouillard s'est vu proposer plusieurs centaines d'euros pour parler de l'énigme sur les forums. Nous pensons que c'est René d'Ambricourt qui finançait et qu'il se servait des frères Loutrel comme intermédiaires.

– C'est des conneries !

Pierre Loutrel hurla depuis le coin sombre du salon où on l'avait isolé avec Arthur.

– On n'a rien à voir avec Charles Rouillard ! Je lui ai même jamais parlé ! Et les meurtres du Mans, c'est pas nous non plus !

Marchand demanda aux policiers qui surveillaient les deux frères de les amener jusqu'à eux. Il aida ensuite Charles Rouillard à se lever pour l'inclure également à ce grand démêlage. Pétronille suivit son mari en le tenant par le bras. Au fait des hiérarchies de la justice, Pierre Loutrel s'adressa directement au procureur. Il fallait souvent moins d'années de prison que d'études de droit pour maîtriser les méandres sinueux du système judiciaire.

– René nous a bien baladés ! Je l'ai compris trop tard qu'il s'était servi de nous. Je voulais qu'on ait une petite discussion lui et moi, c'est pour ça que je suis venu ici. Mais il s'est défenestré et il a pas eu tort, parce que j'étais pas venu pour lui faire un massage. Il s'est débrouillé pour nous faire porter le chapeau, ce gros lard.

Le lieutenant n'avait pas cessé d'observer Charles Rouillard, toujours prostré. Il avait pourtant été sorti de sa léthargie par les propos de l'aîné des Loutrel et il essayait de s'en cacher. Le gendarme profita de sa fébrilité soudaine.

– Monsieur Rouillard, à qui avez-vous emprunté de l'argent ?

On attendait sa réponse dans le silence.

– Madame Rouillard, vous m'avez confirmé que vous étiez endettés. Il est temps de nous dire auprès de qui.

– Des frères Loutrel.

Elle avait lâché son aveu dans un souffle contrit, en regardant le sol.

– C'est faux ! Elle ment !

Les policiers, aidés par Spandoni, plaquèrent Pierre Loutrel au sol pour l'empêcher de se jeter sur Pétronille Rouillard.

– Est-ce que vous êtes certaine qu'il s'agissait bien des frères Loutrel ?

– Évidemment… Pourquoi vous dites ça ?

– Ils vous ont donné l'argent en personne ?

– Oui. Enfin, presque…

Elle fronça alors les sourcils en se remémorant la façon dont ils avaient récupéré leur « emprunt ».

– On est venus ici, chez René d'Ambricourt, il y a plusieurs mois, pour lui demander de nous aider un peu. C'est Suzanne, la mère de mon mari, qui nous avait soufflé l'idée.

Pétronille regretta d'avoir prononcé son nom. Charles s'était avachi davantage, les yeux rougis par les larmes. Mais puisqu'il fallait qu'elle raconte…

– C'était quand même le type le plus riche de la région, René d'Ambricourt. Et il en faisait rien, de son fric… Il a dit qu'il réfléchirait à notre requête, mais il ne nous a jamais contactés. Et puis on a reçu un appel de Pierre Loutrel.

– Je l'ai jamais appelée, cette pétasse ! Elle ment !

Le procureur ordonna à l'aîné des Loutrel de se taire, le menaçant de toute une série de condamnations diverses pour outrage, coups et blessures, et tout ce qui lui venait à l'esprit. Pétronille Rouillard poursuivit tandis que Pierre Loutrel ruminait.

– Il nous a dit que René d'Ambricourt lui avait fait part de nos difficultés financières. Il proposait de nous prêter de l'argent avec intérêt… Étant donnée leur réputation, à lui et son frère, il n'y avait pas besoin de contrat, c'est ce qu'il nous a dit, il se débrouillerait pour qu'on rembourse. On a hésité mais on avait tellement besoin de sortir la tête de l'eau…

Le couple se tenait par la main, nota Marchand ; c'était le premier signe de tendresse qu'il constatait entre eux. Les liens dans l'adversité. Ou alors c'était l'évocation de l'argent qui les adoucissait. Il rompit le charme.

– Vous êtes certaine que c'était bien un des frères Loutrel qui s'est entretenu avec vous au téléphone ?

– Je ne sais pas, c'est mon mari qui a répondu.

Charles Rouillard haussa les épaules.

– C'était peut-être quelqu'un d'autre, je les connais pas suffisamment pour être sûr. En tout cas, il s'est présenté comme Pierre Loutrel et dès le lendemain, l'argent était déposé dans notre boîte aux lettres. Tout ce que je peux affirmer, c'est que c'était pas l'écrivain, il a le souffle court quand il s'exprime, je l'aurais reconnu.

Le procureur perdait patience. Il y avait deux corps qui attendaient dehors en plus des trois autres et les explications ne fusaient pas. Il prit à partie Odette et Gédéon qui étaient restés en arrière, près du feu.

– Et vous, qu'est-ce que vous faites là ?

Une sonnerie de téléphone retentit dans la pièce et les regards se tournèrent vers Héloïse Bergaux qui se mordit les lèvres. Le nom de son rédacteur en chef s'affichait sur l'écran. Elle n'avait d'autre choix que de répondre, ne serait-ce que pour éviter d'avoir à justifier sa présence. Elle trottina jusqu'à la cuisine et décrocha une fois seule.

Gédéon et Odette avancèrent jusqu'aux hommes de loi regroupés près du canapé où Goudeau parvenait maintenant à maintenir ses yeux ouverts. Marchand était curieux de savoir ce qui les avait conduits ici. Le procureur s'adressa d'abord à la présidente du club de lecture.

– Vous devez être Odette Flanquet ?

– Oui.

Le son de sa voix était à peine audible. Un murmure fluet qui poussa le magistrat à tendre l'oreille.

– Vous nous expliquez votre présence ?

– Avec Suzanne, on a mis un somnifère dans le thé de la gendarme qui nous surveillait…

Le lieutenant jura et demanda à Clara Buisson de contacter Eva Duong pour s'assurer qu'elle allait bien. Odette déglutit et poursuivit, les yeux baissés, ses explications au procureur.

– On voulait vérifier…

– Vérifier quoi ?

– Que l'énigme était vraie.

– Quelle énigme ?

– « Cinq morts avant Noël », dans son dernier livre…

Renseigné par Héloïse Bergaux qui l'avait décodée de son côté, le gendarme expliqua l'énigme au parterre attentif et la façon dont René d'Ambricourt avait anticipé les morts dans ses livres. Le maire, le procureur, Spandoni, la commissaire Élodie Horry, le capitaine Aurélien Groussier… Tous fronçaient les sourcils, dans un mélange d'étonnement, de curiosité et d'effarement. Avec une pointe de doute, aussi : est-ce que le gendarme n'exagérait pas ?

La voix fluette continua de raconter.

– Comme Noël c'est demain soir, on s'est dit que soit René d'Ambricourt avait déjà tué deux personnes, soit il s'apprêtait à le faire. On voulait le confronter.

– Toutes les deux ? Vous vouliez affronter, seules, un meurtrier présumé ?

– Suzanne disait qu'on serait des héroïnes, que ça bénéficierait au club de lecture. Et elle a demandé à son fils, Charles, de nous rejoindre, au cas où.

Conscient qu'il avait échoué à protéger sa mère, les larmes coulèrent à nouveau, abondantes, sur les joues de Charles Rouillard. Le procureur était en train de faire connaissance avec la paire des exaspérantes retraitées. Si leur aventure ne s'était pas aussi tragiquement terminée, Marchand aurait presque pu en rire.

– On pensait pas qu'il pouvait nous faire du mal, avec sa carrure… Tout le monde savait dans les environs qu'il était trop gros pour bouger. On n'a jamais imaginé qu'on pourrait être ses victimes.

Spandoni aida Odette à s'assoir dans le canapé, près de Goudeau. Elle avait semblé rapetisser à mesure qu'elle répondait aux questions. On n'entendait plus que le souffle du brasier qui réchauffait la pièce tandis que le scintillement des flammes créait des ombres inquiétantes sur les murs. Le procureur observa tour à tour la commissaire d'Angers et le chef de la gendarmerie de Château-du-Loir.

– C'est donc René d'Ambricourt qui a orchestré tout ce foutoir ?

Marchand hésita à répondre. Il n'en savait rien. Il y avait trop de points obscurs. Et il ne comprenait toujours pas la présence de Gédéon, ni les motifs qui avaient poussé l'écrivain à se donner tant de mal pour en faire, du mal. Le seul mobile qu'il entrevoyait était celui de la folie associée à un égo démesuré. Comment René d'Ambricourt avait-il réussi à rendre tout le monde fou autour de lui ?

– Gédéon, à ton tour de nous expliquer. Qu'est-ce que tu faisais là-haut, quand René d'Ambricourt a sauté ?

L'épicier poussa une grande inspiration.

– Je suis venu le voir parce que je voulais lui poser une question. Il m'a dit de partir, mais comme j'insistais pour avoir ma réponse, il m'a menacé avec une arme. Il était fou de rage, il répétait que je venais perturber son grand jour. Il s'est déshabillé et il m'a obligé à grimper à l'étage avec lui. Il parvenait à peine à gravir les escaliers. Il s'arrêtait à chaque marche pour reprendre sa respiration. Et on a attendu plusieurs heures dans la pièce là-haut, il pointait son pistolet vers moi en maugréant.

– C'était quoi cette question, Gédéon ?

– À propos du cadavre et de l'énigme. Je me suis souvenu que René d'Ambricourt m'avait raconté l'histoire du sanglier mort qu'il avait trouvé dans la forêt de Bercé, celui dont il parlait dans *Le Monde*. C'était à l'époque où il m'accueillait encore quand je livrais ses commandes. Sa réaction m'avait impressionné. Lui qui écrivait des romans parfois très sombres, il avait été particulièrement marqué par cette charogne. Ce n'était pourtant pas rare à la campagne.

Marchand voyait que son ami était fatigué, mais dans ce bourbier inextricable, il n'avait pas envie de le ménager. Il ne pouvait s'empêcher de repenser à sa silhouette à la fenêtre après le saut de l'écrivain. Le lieutenant sentait que quelque chose ne collait pas dans cette affaire, la vérité lui échappait et son impuissance l'agaçait.

– Il y avait un problème avec cet article dans *Le Monde*. L'histoire du sanglier que racontait d'Ambricourt ne collait pas.

Le magistrat et la commissaire écoutaient l'épicier avec intérêt. Ils avaient la sensation d'assister au premier témoignage qui pouvait faire progresser leur compréhension.

– Amaury… enfin, je veux dire, le lieutenant Marchand m'avait communiqué les coordonnées GPS du corps enterré, à plusieurs centaines de mètres d'ici. Mais le cadavre de sanglier, René d'Ambricourt l'avait trouvé contre le mur de sa propriété. Je m'en souviens parfaitement, il avait l'impression que l'animal, se sachant mourant, avait essayé de franchir l'enceinte pour échapper aux charognards. Il a menti dans son interview sur l'emplacement du sanglier, et il a refusé de me dire pourquoi.

Le magistrat était déçu. L'explication de Gédéon confirmait le flou autour de l'écrivain sans pour autant les aider à y voir plus clair.

On informa le procureur que la police scientifique venait d'arriver. La commissaire ordonna à ses hommes de fouiller la maison pendant que l'équipe du médecin légiste s'occupait de désencastrer les deux corps, sous les éclairages de puissants spots installés rapidement. Le sang avait commencé à geler dans l'air glacé de cette veille de Noël. Ils retrouvèrent le pistolet mentionné par Gédéon au milieu d'un amas de tripes, c'était tout ce que l'écrivain portait dans sa chute.

Marchand restait près du feu de cheminée. Il n'avait pas envie d'assister à l'étude des corps massacrés, on le préviendrait si quoi que ce soit d'important était trouvé. Il continuait de réfléchir à toute cette affaire. Il avait vu quelque chose, repéré un élément qui ne collait pas et il se concentrait pour le faire émerger.

Héloïse Bergaux surgit de la cuisine et fonça droit sur le lieutenant, passablement agitée.

– Amaury, il faut que je te parle, en privé. Je viens d'avoir mon chef au téléphone.

Le gendarme suivit la journaliste dans la grande cuisine qui jouxtait le salon. Elle l'entraîna au fond de la pièce pour garantir leur tranquillité et se dépêcha de parler avant que la cuisine soit également fouillée.

– Avant de venir, j'ai mis en ligne mon article sur l'identité du corps trouvé dans la forêt, Christian de Magne. J'ai besoin de savoir, Amaury. Est-ce que tu t'es servi de moi ?

– Pardon ?

Héloïse Bergaux sondait le lieutenant, son regard plongé dans le sien. L'homme était à la fois mal à l'aise et charmé malgré lui par ces yeux perçants.

– La rédaction du *Maine Libre* a reçu un message à propos de Christian de Magne, à la suite de la publication. Plus précisément à propos de sa sœur, Christine.

Elle continuait de le jauger, cherchant à déceler un indice sur sa figure étonnée. Faisait-il semblant de ne pas savoir ou ignorait-il réellement ce qu'elle s'apprêtait à lui dire ? Le lieutenant perdait patience.

– Arrête, Héloïse, dis-moi ce qui se passe.

Ils avaient glissé naturellement vers le tutoiement sans qu'aucun des deux n'en prenne conscience.

– Christine de Magne est morte à l'âge de trois ans, il y a un peu plus de soixante ans.

– C'est impossible, elle est venue à la gendarmerie, elle a présenté une pièce d'identité. Et nous avons prélevé son ADN, il correspondait au corps retrouvé.

– C'est un retraité des services sociaux de Tours qui nous a écrit. Il se souvient très bien de Christian de Magne, un gamin que ses parents ne pouvaient pas élever, trop saouls, trop ravagés par le malheur, les psychotropes et la perte de leur fille Christine… Le gamin l'avait marqué à cause de ses capacités exceptionnelles malgré son milieu défavorisé. Christian a quitté l'orphelinat vers quinze ans pour bosser à Château-du-Loir chez un noble du coin. Il disait qu'il voulait se rapprocher de son frère.

– Son frère ?

– Christian et Christine n'ont pas été reconnus par leur père, alors ils portaient le nom de leur mère : de Magne. Seul l'aîné, René, portait le nom de son père : d'Ambricourt. René d'Ambricourt était le frère aîné de Christian. C'est aussi pour cette raison que le retraité se souvient bien de lui. Parce que son frère est devenu une célébrité.

Deux policiers firent irruption dans la cuisine pour procéder aux fouilles. Marchand leur ordonna de sortir. Ils obéirent sans dire un mot, en haussant les épaules.

– Tu es certaine de ce que tu racontes ?

– Je me suis fait passer un savon par mon chef, il a demandé à un autre journaliste, un type que je déteste, de vérifier l'info. Il est catégorique et je viens de passer pour une conne. L'article a été retiré et j'ai intérêt à trouver un moyen de me faire pardonner.

Les images se mélangeaient dans la tête du lieutenant. Marchand n'arrivait pas à réfléchir, il savait qu'ils passaient à côté d'un élément essentiel. Quand il avait cru être sur le point de le découvrir, Héloïse avait ajouté encore de l'incompréhension à l'incompréhensible.

Pour le procureur et la commissaire, cette affaire était terminée. Cela arrangeait tout le monde, à commencer par le maire de Château-du-Loir. Il était temps, le 23 décembre, qu'on laisse enfin place à l'esprit de Noël.

René d'Ambricourt était un détraqué qui avait orchestré ces meurtres pour le plaisir infâme de satisfaire son égo littéraire, point final. Il avait tué Christian de Magne, découvreur de sa première énigme, puis comme il lui fallait un total de cinq morts pour compléter la seconde, il s'était servi des frères Loutrel qui avaient prêté l'argent et empoisonné les deux entrepreneurs du Mans tandis qu'il restait dans l'ombre. La folie était une justification pratique pour expliquer n'importe quel comportement.

Mais si la femme qui s'était présentée à la gendarmerie n'était pas Christine de Magne, c'était bien la preuve que la folie de l'écrivain n'était qu'un pan. La scientifique de l'IRCGN avait évoqué des empreintes digitales qui confirmaient l'identité de Christian de Magne. Alors qui était la femme dont l'ADN présentait des similitudes avec celui-ci ? Marchand sortit de la cuisine en courant, suivi par Héloïse qui avait la ferme intention de comprendre comment elle en était arrivée à se ridiculiser. Le gendarme interrompit brutalement le médecin de la police scientifique penché au-dessus des deux cadavres fraîchement décédés.

Dans la lueur puissante des projecteurs, le spectacle était encore plus insoutenable. La journaliste s'efforçait de regarder ailleurs pendant que le lieutenant questionnait le scientifique.

– Si deux personnes ont 25 % d'ADN en commun et qu'ils ne sont pas demi-frères ou demi-sœurs, qu'est-ce qu'ils peuvent être l'un pour l'autre ?

– 25 %, c'est à peu près ce que vous partagez avec vos grands-parents ou vos petits-enfants…

– Non, l'écart d'âge n'est pas suffisant.

– Alors il y a des chances que l'un soit l'oncle ou la tante de l'autre.

Christine de Magne avait une cinquantaine d'années, Christian dans les soixante ans, c'était plus sûrement cette piste qu'il fallait explorer. Et si cette femme était la nièce de Christian, elle était dans le même temps la fille de René d'Ambricourt.

Marchand retourna dans le salon où il trouva Clara Buisson assise sur une chaise en train de masser son poignet enflé.

– Buisson, est-ce que vous vous souvenez de l'adresse de Christine de Magne ?

Il lui expliqua le mensonge de cette femme qu'il fallait maintenant identifier. Ils ne tardèrent pas à trouver sa maison répertoriée sur un site de location saisonnière. Clara tapa sur la table de sa main valide.

– J'aurais dû m'en douter. Elle n'avait pas l'air vraiment chez elle. Il n'y avait pas de photo et elle m'a servi un café dans une tasse décorative qui prenait la poussière dans une armoire… N'empêche, elle ne faisait pas semblant de pleurer. Faut être une sacrée actrice ou avoir une vie bien triste pour produire du chagrin à la demande. Attendez, chef, je me souviens…

Clara Buisson fixa le feu de cheminée comme si elle puisait son souvenir soudain dans les flammes.

– Elle avait prévu l'entretien : elle a sorti un livre d'énigmes de la bibliothèque comme prétexte pour me parler de l'autisme de Christian de Magne. Elle savait qu'on viendrait.

Il y avait des chances qu'elle ait réservé sous un faux nom, voire qu'elle soit entrée dans cette maison par effraction. Marchand observait les policiers en effervescence, la maison fouillée de fond en comble, la scientifique en train de terminer de ramasser les cadavres dehors. Il était totalement dépassé et pas loin de s'avouer vaincu. Le maire, Thierry Gouyé, vint lui donner le coup de grâce.

– Je ne suis pas mécontent que cette histoire se termine et que nous allions de l'avant, Lieutenant…

Il marqua une pause emphatique avant de conclure sur le fond réel de sa pensée.

– C'est déjà ça de réglé. À défaut de savoir ce qui est arrivé à l'âne et aux boules…

Le gendarme ignora la remarque et s'adressa à Clara Buisson dont le poignet avait encore enflé.

– Faites-vous conduire aux urgences, il faut soigner votre bras. La scientifique va s'occuper du reste.

– Dès que Goudeau sera d'aplomb, l'adjudant Berthier nous y conduira tous les deux. À force de soigner nos bobos, ils vont commencer à nous appeler par nos prénoms, aux urgences de Château-du-Loir. Je vais me renseigner tout de suite auprès du site de location saisonnière, au cas où je trouve quelque chose, et pour me rendre utile. En attendant Goudeau.

***

Le lieutenant Marchand s'était perdu dans la contemplation de sa tasse de café qu'il n'avait pas touchée. Il n'avait presque pas dormi de la nuit, l'esprit bousculé par la vérité qui lui échappait. Le café devait être froid maintenant, songeait Gédéon qui ne savait pas comment remonter le moral de son ami.

– Je vais te laisser, Gédéon, ne t'inquiète pas. Je sais que ta famille t'attend, que vous avez le réveillon de ce soir à préparer.

– Il n'est que treize heures et ma femme s'en est chargée avec nos enfants. Elle m'a demandé à nouveau de t'inviter, Amaury.

Le lieutenant sourit tristement et secoua la tête, pour signifier qu'il n'avait toujours pas changé d'avis. Il avait déjà décliné l'invitation quelques jours auparavant, il se sentait encore moins capable de l'accepter maintenant. Il avait échoué. Il en était le seul responsable et personne ne pouvait l'aider.

Le procureur admettait qu'il y avait des zones d'ombre, comme cet étage du château fermé par une porte électronique et pourtant totalement vide. Il comprenait aussi que le lieutenant veuille retrouver cette mystérieuse fille de René d'Ambricourt qui s'était fait passer pour la sœur de Christian de Magne. Il restait d'étranges mystères, mais aucun d'eux n'empêchait d'affirmer la folie de René d'Ambricourt ou la culpabilité des Loutrel. La police d'Angers avait confirmé la présence de l'ADN des deux frères sur leur scène de crime, leur enquête était bouclée.

Tout rentrait dans l'ordre à la veille de Noël, c'était une aubaine, on allait finir l'année en paix. Le lieutenant savait pourtant qu'il leur manquait une pièce du puzzle. Qu'un fragment de vérité restait dissimulé quelque part et qu'ils ne le découvriraient probablement jamais puisque l'enquête était close. Il pensait à ces flics hantés toute leur carrière par un dossier mal refermé. La commissaire Élodie Horry lui avait dit de se réjouir, de rentrer chez lui fêter Noël et de laisser le procureur prendre le relais.

– Qu'est-ce qui te tracasse exactement, Amaury ?

– J'ai vu quelque chose et je n'arrive pas à l'identifier… Une réponse à une question qu'on n'a pas posée. Un détail qui n'en était pas un. Je suis passé à côté et maintenant, c'est trop tard.

Devant l'échec du café, Gédéon ouvrit deux bières et en tendit une au gendarme. Ils avalèrent la première gorgée en silence. Même affligé par les tracas, la lampée initiale houblonnée gardait toujours son pouvoir rassérénant.

– C'est à propos de la nièce ?

– Peut-être… Mais j'ai beau fouiller de ce côté, je n'en tire rien de spécial. Buisson a vérifié, elle a loué la maison sous le nom de Christine de Magne et payé en liquide. C'est une impasse.

– Il suffit peut-être d'énoncer les protagonistes un à un jusqu'à l'illumination ?

Amaury haussa les épaules et but une gorgée de bière. Gédéon poursuivit son idée.

– Les frères Loutrel ? Le double meurtre du Mans ? Les retraitées ?

Le lieutenant se dressa d'un bond. Gédéon avait prononcé un mot, évoqué une idée qui l'avait foudroyé. La réponse se trouvait là.

– Recommence, ce que tu viens de dire… J'ai vu quelque chose.

– Le double meurtre du Mans ? Les retraitées ? Les frères Loutrel ?

– Mais oui, c'est ça ! Deux ! Ils vont tous par deux…

Gédéon regardait son ami sans comprendre, son sourire se déformait sous les effets de la révélation. Plus son visage s'illuminait, plus il avait l'air d'un fou.

– Deux, j'ai trouvé, j'ai compris… Merci, merci, merci Gédéon ! Et joyeux Noël !

Le gendarme habituellement réservé et calme s'enfuit comme un aliéné de la petite épicerie. Il avait emporté son manteau sous le bras, sans prendre le temps de l'enfiler, et il poussa un cri pour s'encourager à braver les quelques mètres de froid jusqu'au parking où attendait son quatre-quatre de la gendarmerie. Il se précipita dans le véhicule, chercha une adresse dans son téléphone, jura parce que son haleine tiède embuait l'écran glacial, puis il se mit enfin en route. « Plus que deux morts et c'est Noël », c'était devant lui, en évidence, comment avait-il pu le rater ? Il appela Eva Duong qui était de garde à la gendarmerie en ce 24 décembre et parfaitement requinquée après avoir dormi près de quatorze heures d'affilée grâce au thé de Suzanne et Odette.

– Duong, j'ai besoin que vous effectuiez plusieurs recherches pour moi. La priorité, c'est un nom de famille que vous devez me trouver, c'est le plus urgent. Vous me le communiquez dès que vous l'avez. Ensuite vous vous pencherez sur l'état civil, la généalogie…

Il lui expliqua précisément les points à éclairer et la jeune gendarme se mit aussitôt au travail. Il n'avait même pas encore atteint sa destination lorsqu'il reçut un message de la brigadière : « Le nom de famille, c'est "de Valois". »

INTERLUDE FINAL

Il avait observé attentivement chacun des sept clients avachis sur leurs banquettes en simili cuir avant de se décider à s'assoir. Il se méfiait parce qu'il n'avait pas prévu que je l'attende. Que je l'invite à se joindre à moi pour boire un verre à la cafétéria du Leclerc. Que cette mise au point qui lui semblait spontanée soit programmée depuis le premier jour. Un premier jour que je n'avais toujours pas réussi à identifier mais c'était sans importance maintenant que la fin était proche. Les origines ne comptent plus quand on s'apprête au dénouement.

Il s'était assis, résigné, prudent, assoiffé de vérité, mais la mine inquiète. Il avait l'air presque quelconque, sans son uniforme et avec cet air de chien qui ne sait pas s'il doit s'attendre à être nourri ou battu. Certes, le lieutenant Marchand conservait de sa prestance, mais quand même, il n'avait pas l'air dans son assiette.

J'avais levé une main pour signifier qu'on voulait boire à la barmaid qui attendait que le temps passe derrière son bar, plongée dans un livre ouvert à plat sur le comptoir. Comme on fermait bientôt et que les familles préféraient rentrer fêter Noël plutôt que d'avaler un godet à la cafétéria du Leclerc, elle n'était pas très occupée. Et l'oisiveté ne rend pas plus attentif. J'avais toussé bruyamment pour la sortir de son aventure littéraire. J'avais commandé deux bières pression quand elle avait daigné lever les yeux et j'avais serré les dents quand elle avait refermé son livre en pliant un coin de page en guise de repère pour la reprise de sa lecture.

Comme le lieutenant ne comprenait pas ce qui me chagrinait, je l'avais informé, d'un ton amusé et exagérément péremptoire.

– « Un livre est un ami rancunier, froissez-le une fois, il s'en souviendra toujours. » C'est la maxime du club de lecture. Je l'aime bien parce qu'elle est vraie, et aussi, il faut bien l'avouer, parce qu'elle emmerdait Suzanne.

Nous avions ensuite accueilli nos bières en silence, il avait attendu que je me régale de la première lampée pour se décider à mettre la main dans l'engrenage que je lui avais préparé.

– C'est vous, Odette, qui avez tout orchestré.

C'était une entame décevante. Il avait avoué ainsi, sans le dire, combien il était démuni. Il avait certes compris à qui s'adresser pour démêler son problème, mais il en savait si peu.

– Vous cachez bien votre jeu, Odette. Toujours dans l'ombre de Suzanne, votre amie qui adorait la

lumière et qui avait sans cesse plein d'idées... C'était vous, les idées, n'est-ce pas, Odette ? Le cadavre dans la forêt, l'énigme, le club de lecture, la visite à René d'Ambricourt, vous vous êtes débrouillée chaque fois pour qu'on pense que c'était Suzanne...

– Les pantins aiment qu'on tire sur leurs fils, parce que même s'ils se savent manipulés, c'est eux qu'on regarde, pas le marionnettiste. Je vous ai laissé plusieurs indices, Lieutenant. Lequel vous a mis sur la piste ?

Il m'avait longuement observée avant de répondre. Je n'avais plus besoin de faire semblant, de m'effacer derrière Suzanne et de jouer les petites vieilles effarouchées, alors je le déstabilisais. Il lui fallait un temps d'adaptation, il échafaudait un plan aussi, sûrement. D'autant qu'il ne s'était pas préparé à ce que je l'accueille comme un vieil ami quand il avait pensé me surprendre. Sitôt qu'il avait compris que je tenais un rôle dans son bourbier, il s'était rendu chez moi et mon bel Honoré l'avait envoyé ici, comme prévu.

Je n'aurais rien pu faire sans mon mari. Il avait toujours été dans les parages pour arrondir les angles et m'aider à finir ce que j'avais entrepris. Comme lorsque ce gendarme avait rôdé autour de La Bouillonière et que mon Honoré avait été contraint de l'assommer un peu. Rien de bien méchant, il avait roupillé sur le canapé. Et s'il y avait eu des séquelles, tant pis, il fallait choisir un autre métier que gendarme.

Honoré avait assuré aussi les appels téléphoniques anonymes à cet imbécile de Charles Rouillard. Avec les années, mon Honoré, je l'aime encore davantage. Il a ce flegme doublé d'un œil vif. La véritable intelligence. Celle qui ne pose pas de question parce qu'elle comprend l'essentiel sans chercher à en savoir trop. Ce n'est pas comme Francis, ce pataud qui servait de mari à Suzanne. Au moins, il était débarrassé de sa geôlière, à présent. Sa vie allait enfin pouvoir commencer, pourvu qu'il sache quoi en faire. Ce n'était pas si simple de se lancer seul quand on avait toujours suivi le mouvement.

– « Plus que deux morts et c'est Noël. » C'est à peu près ce que vous avez dit hier, chez René d'Ambricourt, pour justifier votre présence. L'énigme disait qu'il y aurait cinq morts d'ici Noël. Après Christian de Magne, il aurait dû en rester quatre. Et pourtant vous n'en attendiez que deux. C'est donc que vous saviez que le double meurtre du Mans était lié à René d'Ambricourt. Ce qui n'a jamais été mentionné dans les médias.

Il avait attendu une réaction de ma part, un sursaut, un sourire, une colère… et j'avais cherché sincèrement à lui donner l'illusion qu'il reprenait la main. Il était bien trop prévisible et démuni.

– Et donc, Lieutenant ? Vous en déduisez quoi ?

Il avait observé ma lèvre supérieure recouverte de mousse de bière et que je m'efforçais de ne pas lécher, pour le désarçonner davantage.

– Je me souviens de notre premier échange, Lieutenant. Dans votre voiture, en forêt de Bercé. Vous aviez cru me bousculer en me demandant si j'étais en couple avec Suzanne. Vous vous étiez cru spirituel alors que vous ne faisiez que confirmer ma position.

– Quelle position ?

– Peu importent vos tentatives, c'est moi qui contrôle. Je tiens les rênes depuis le début, je continue de les tenir et cette histoire se terminera quand je l'aurai décidé.

Il m'avait dévisagée encore, il s'était détendu, soulagé de ne plus avoir à me traiter avec déférence.

– Vous saviez que je viendrais vous voir ici ?

– Oui, j'ai demandé à mon mari de vous envoyer.

– Pourquoi ?

J'avais sorti le roman bien emballé par le libraire du Leclerc et je l'avais posé devant le gendarme qui ne comprenait pas.

– C'est pour moi ?

– Non.

Ses yeux étonnés m'avaient fait rire, il m'avait regardée pouffer. Sa patience s'étiolait doucement.

– Ne faites pas cette tête, c'est un service que je vous rends. Pour que vous ayez un cadeau à offrir à Héloïse Bergaux quand elle viendra réveillonner chez vous tout à l'heure.

– Elle ne va pas venir réveillonner chez moi.

– Si, Lieutenant, elle viendra.

J'avais frappé le plat de la main sur la table et Amaury Marchand avait sursauté. La barmaid avait jeté un œil peu intéressé avant de reprendre sa lecture.

– C'est moi, Lieutenant, qui écris l'histoire, c'est moi qui l'ai toujours écrite, je décide des rôles qu'y tiendront chacun des protagonistes. N'oubliez jamais, Amaury : j'aurai toujours un coup d'avance.

À cet instant, il avait compris. Un pan venait de se révéler à lui, il était cloué sur son fauteuil orange en simili cuir, submergé par des sentiments contradictoires. Le bout de vérité qui venait de lui tomber dessus était un appât. Il en avait conscience, il avait conscience qu'en cherchant à en savoir davantage, il irait exactement là où je le menais. Mais la tentation était trop forte.

– C'est vous qui avez écrit les romans de René d'Ambricourt.

Il avait interprété mon silence et ma mine amusée comme un aveu. Il avait ensuite analysé ce qu'impliquait ce nouvel élément. Que j'aie été la nègre de René d'Ambricourt ne prouvait rien tout en dévoilant beaucoup. Le gendarme réalisait ainsi que je connaissais bien l'écrivain, mais aussi et surtout que j'étais à l'origine des énigmes et donc potentiellement des morts associés. Cette cascade d'informations nouvelles l'avait laissé abasourdi devant sa bière toujours intacte. Aussi, j'avais été surprise de le voir sourire, plus sûr de lui qu'à son arrivée. Il semblait dire « moi aussi, j'ai des cartes dans ma manche ». J'avais hâte.

– Vous avez commis une erreur, Odette.

– Je n'en fais jamais, Lieutenant. Le crime est ma spécialité. Je l'étudie, je le décortique et je le décris depuis tant d'années. Vous êtes là parce que je l'ai voulu. Je ne recherche pas le crime parfait. Le crime parfait ne m'intéresse pas, il n'intéresse aucun auteur de romans policiers, d'ailleurs. Parce que le crime parfait, c'est celui dont on n'a jamais entendu parler. C'est cet accident de la route qui n'en était pas un, c'est ce vieil homme mort dans son sommeil de cause apparemment naturelle... Pour une bonne histoire, il faut un crime suspicieux, un meurtre qui éveille des soupçons. Ce qui me plaît, c'est l'anticipation. J'aurai toujours un coup d'avance.

– Vous n'auriez pas dû faire intervenir votre fille.

Peut-être à cet instant avais-je vacillé légèrement parce que je n'aimais pas qu'on me parle de ma fille. Que l'on mentionne son existence.

– Je sais plus de choses que vous ne croyez. Je sais que votre nom de jeune fille est Odette de Valois. Vous êtes la fille de Charles de Valois, l'ancien propriétaire de La Bouillonière.

Il avait voulu me montrer qu'il détenait la vérité, mais ce n'étaient que des miettes. De toute façon, la vérité ne mène pas toujours quelque part.

– J'ai essayé de reprendre le fil de ce qui s'est joué dans ce château durant ces dernières heures. Et je pense avoir compris. Vous me direz, puisque c'est votre histoire.

Je n'avais pas relevé la moquerie. Sa condescendance était attendue, j'étais plus intéressée par ce qu'il pensait savoir.

– René d'Ambricourt, ancien jardinier de votre père, a racheté la propriété à son patron avec de l'argent que vous l'avez aidé à gagner. Quelques années plus tard, on retrouve le frère de René d'Ambricourt assassiné, identifié grâce à l'ADN de sa nièce qui se fait passer pour sa demi-sœur. J'ai raison pour l'instant ?

Puisqu'il ne touchait pas sa bière et que j'avais terminé la mienne, j'avais commencé à la siroter, captivée par son vain récit.

– J'imagine que vous étiez amoureuse de René d'Ambricourt. Vous viviez un amour clandestin, je me trompe ? Quand on s'appelle « de Valois », on ne fréquente pas un jardinier sarthois.

Il n'avait pas tort et c'était exactement ce que j'attendais de lui, ces bribes de lucidité assemblées anarchiquement. Son humiliation finale serait d'autant plus écrasante. Il avait poursuivi son explication laborieuse tandis que la tenancière de la cafétéria commençait à regarder trop souvent sa montre pour nous garder encore longtemps.

– J'émets des hypothèses, mais je pense que je vous ai cernée, Odette de Valois. Nous avons établi que Christine de Magne était la fille de René d'Ambricourt… Nous ne savons pas pourquoi elle a prétendu être la demi-sœur de Christian de Magne, mais je suis certain que vous êtes sa mère.

Je n'avais pas aimé son regard plein de compassion dégoulinante, comme si être la mère de Christine impliquait qu'il fallait me ménager spécialement. Elle avait été ma fille, c'était vrai, elle avait accepté de faire partie du plan, parce que nous partagions ce besoin de vengeance. Mais elle avait été élevée dans un orphelinat, nos contacts étaient peu fréquents et chaque fois assez froids. Chacune notre tour, dans nos moments de faiblesse, nous avions envisagé un rapprochement. Honoré n'était pas contre, il m'encourageait même, magnifique Honoré. C'était trop douloureux, de la voir esquintée comme ça, et de penser à tout ce qu'on aurait pu être. Une famille, René, elle et moi.

– C'est elle qui a eu l'idée de se faire passer pour la demi-sœur de Christian. Une excellente idée, elle est brillante, Christine, comme son père. C'était d'autant plus facile qu'elle s'appelle vraiment Christine de Magne, comme la sœur décédée de Christian et René. Pas besoin de fausse pièce d'identité. D'Ambricourt, c'est le nom paternel, celui qui a été donné à René. Christian et Christine n'ont pas été reconnus par leur père, l'alcool l'avait rendu paranoïaque. Alors ils avaient hérité du nom maternel. Christian de Magne s'est retrouvé dans un orphelinat juste après la mort de Christine. C'était en hommage à sa petite sœur qu'il a à peine connue que René a voulu qu'on appelle notre fille « Christine ». « De Magne », c'était pour qu'à l'assistance publique, on fasse moins le rapprochement avec René ou moi.

Il ne fallait pas que ce bébé ait un passé identifiable. C'était la terreur de « l'autre ».

J'avais marqué une pause, submergée par cette émotion qui ne me laissait pas tranquille, même plus de soixante ans après, chaque fois que je songeais à la fois à René et à Christine. On aurait pu être une famille.

– Nous savions tous les trois qu'identifier le corps serait votre priorité. Alors elle a pensé que le mieux était de vous l'apporter sur un plateau pour vous dissuader de fouiller trop loin. Christine s'est fait passer pour la demi-sœur, vous aviez l'ADN et l'identité de votre victime, vous stoppiez vos recherches. Elle a voulu nous protéger.

– Vous avez parlé de la terreur de « l'autre »... Qui est « l'autre » ?

– Charles de Valois, mon père. Il est devenu fou quand il a su que j'étais enceinte. Je ne peux pas lui en vouloir, c'était la façon dont on réagissait à l'époque.

Les derniers clients avaient quitté la cafétéria et la barmaid qui cornait les pages nous avait expliqué que c'était bientôt Noël. Et qu'elle allait fermer. J'aurai fait toutes les fermetures du Leclerc, j'avais songé, amusée. Le lieutenant Marchand n'avait pas envie de me laisser partir. Il lui manquait des bouts, sa soif de savoir n'était pas épanchée. Je lui concoctais l'assaut final.

– Odette, pourquoi avoir tué Christian de Magne ? Et les deux jeunes entrepreneurs du Mans ?

– C'est vous qui le dites, Lieutenant. J'étais là, hier soir, avec votre procureur et la commissaire. Il semble

clair que ce sont les frères Loutrel qui ont décimé le sud Sarthe. Vous avez perdu. La gendarmerie a perdu.

Il m'avait fait un peu de peine, avec son regard hagard, ses yeux interrogateurs. Il n'avait rien compris, il n'avait pas encore saisi qu'il était une marionnette, comme Suzanne, comme tout le monde dans cette histoire. Mon histoire, celle qui prenait la direction que j'avais décidée.

– Quand René a été tabassé, laissé pour mort, les gendarmes savaient que mon père y était pour quelque chose. Mais il était trop influent pour qu'on l'accuse. Alors on a abandonné à son sort mon beau René à moitié handicapé, pouvant à peine parler, et on a clos l'affaire. Après avoir donné naissance à ma fille, j'ai été envoyée au couvent. J'ai commencé à écrire des romans policiers pour m'évader de cet endroit, au moins par la pensée. Et je les ai envoyés à des maisons d'édition en me faisant passer pour René. D'abord parce que c'était plus facile pour un homme de trouver un éditeur, et ensuite pour lui rendre hommage. Et les ventes ont flambé.

Je n'avais pas eu besoin de raconter la suite. Amaury Marchand avait compris. Le rachat par le jardinier de La Bouillonière à mon père ruiné, humilié, qui n'avait pas eu le choix. L'installation de René d'Ambricourt, handicapé, dans cette immense propriété. J'avais voulu le rejoindre, qu'on vive là ensemble, mais il m'avait suppliée de faire ma vie. De ne pas la perdre à lui servir de garde-malade. J'étais seule, sans ma fille que je n'étais pas certaine de revoir un jour, sans l'homme de ma vie... Je n'avais plus de raison de me lever le matin. Et puis j'avais rencontré Honoré. Jamais je ne l'aimerai autant que René, évidemment, mais j'avais appris, avec le temps, à faire grandir mon affection pour lui. Il avait accepté qui j'étais, qui était René d'Ambricourt, et il avait apprécié ce jeu secret d'être riche en cachette. Il commandait de jolis paniers gourmands à l'épicerie fine qu'il faisait livrer chez René... Une relation triangulaire qui avait fonctionné. Mais ma soif de vengeance grandissait, année après année.

Le lieutenant m'avait regardée encore, avec ses yeux remplis d'incompréhension, quémandant toujours plus. Il savait juste ce qu'il fallait, à savoir qu'ils fonçaient vers l'erreur judiciaire sans pouvoir l'arrêter parce que ça arrangeait tout le monde, les frères Loutrel derrière les barreaux. Comme cela avait arrangé tout le monde à l'époque de ne pas enquêter sur l'agression de René.

Son propre frère, Christian, l'autiste qu'il avait sorti de son orphelinat, était allé raconter à mon père qu'il nous avait vus avec René et que j'étais enceinte. C'était sa faute à lui, cette vie gâchée. Il avait voulu se faire bien voir du patron, il avait ruiné la vie de son frère. Des gitans payés par le châtelain avaient massacré René. Et Christian n'avait rien gagné à part se retrouver seul avec un vieil aigri qui n'avait plus de fortune ni de famille.

J'avais préparé soigneusement ma vengeance, une énigme dans un livre, c'était divertissant.

Tellement divertissant que dans le roman suivant j'en avais mis une nouvelle, au cas où. Mais ces imbéciles de lecteurs ne la trouvaient pas… Alors j'avais mis Suzanne à contribution, avec toute sa famille. J'avais pris ma décision en découvrant chez Charles et Pétronille les tableaux de René, exposés comme si c'étaient les leurs, alors qu'ils s'étaient servis chez lui, au cours d'une visite où ils l'avaient supplié de leur prêter de l'argent, dans l'espoir de les revendre un jour. Ils n'étaient pas terribles, ses tableaux. Mais il s'ennuyait franchement, René, dans sa grande maison, à faire semblant d'écrire. Alors entre mes visites, il peignait. Quand sa santé avait décliné encore, qu'il ne parvenait presque plus à se lever de son fauteuil, ça l'avait déchiré, de renoncer à peindre. Et le couple Rouillard l'avait pillé. Eux aussi subiraient ma vengeance.

Christian de Magne avait été facile à retrouver et à attirer. René lui pardonnait et voulait lui donner de l'argent, il avait accouru et était tombé dans le piège de l'appât du gain, puis dans le trou de la forêt de Bercé. Il ne nous restait plus qu'à humilier la justice. Nous avions le temps, Christian ne manquerait à personne. Avant d'amener Suzanne sur les lieux, persuadée d'avoir résolu l'énigme, il avait suffi de faire prendre l'air à la main du mort qui attendait dans sa tombe depuis un an.

Je n'avais pas cherché très loin mes coupables parfaits. Les frères Loutrel. J'avais été obligée d'attendre que ces imbéciles sortent de prison pour démarrer les hostilités.

D'abord un meurtre au Mans, pour qu'en plus d'être des prêteurs sur gage, ils passent pour des assassins. Ce serait plus facile de leur faire porter le chapeau pour Christian. J'avais trouvé les victimes parfaites, deux abrutis qui voulaient monter une affaire de simplification de la littérature. Trois échanges de mails, un chèque et c'était parti. J'avais rendu service à l'humanité. C'était bien tombé, Honoré avait une course à faire au Mans, il avait fait un détour par l'appartement des deux débiles en se faisant passer pour un éditeur intéressé. On ne se méfie jamais des vieux, alors il n'avait eu aucune difficulté à empoisonner leur ratatouille, il était même rentré à temps pour le journal de vingt heures.

Mais ces crétins de policiers tardaient à trouver le rapport entre le double meurtre et les Loutrel. Alors j'avais cherché à attirer l'attention sur eux en envoyant mon Honoré retirer les boules rouges du sapin de Noël et l'âne de la crèche, qu'on s'agite un peu dans cette ville, qu'on accuse les frères Loutrel, qu'on les remarque ! Et cette épine dans le pied des fêtes de fin d'année avait beaucoup plus dérangé qu'un cadavre dans la forêt de Bercé. On peut assassiner un homme, pas une tradition. Il n'empêche, la rumeur sur les frères Loutrel avait pris peu à peu. Mais c'était trop lent encore, alors Honoré s'était fait passer pour René et avait demandé à Arthur Loutrel de nous faire peur au club de lecture.

Il avait accepté sans poser de question, en encaissant l'argent, et il avait amoché deux gendarmes au passage. Joli palmarès. Il avait commencé à se douter du piège quand Suzanne et moi avions déclaré qu'on l'avait reconnu. C'était trop tard pour lui.

– On s'en va, Honoré et moi, Lieutenant. On déménage. Nouvelle vie, nouvelle région, nouveau pseudonyme pour mes romans.

J'avais ajouté un clin d'œil qui me semblait à propos, j'avais hâte qu'il découvre mon nouveau nom de plume. Il était totalement déboussolé, le chef des gendarmes. Et il allait connaître le point d'orgue de l'étonnement en rentrant chez lui. Il allait se souvenir longtemps de l'avertissement de cette bonne vieille Odette : « J'ai toujours un coup d'avance. » Pour le coup de grâce, mon Honoré avait placé les boules rouges et l'âne de la crèche dans le jardin de Marchand. L'humiliation suprême.

Quand je lui avais fait mes adieux sur le parking du Leclerc, le lieutenant, son livre empaqueté à la main, était resté mutique. Il savait que je ne répondrais plus à ses questions. Il en connaissait assez pour savoir qu'il avait échoué, et trop peu pour agir. J'avais puni Christian, puni la justice complice de l'agression de René et j'avais une belle histoire à raconter. Nouveau pseudonyme, nouvelle région. J'allais entamer ma nouvelle vie, apaisée car vengée.

ÉPILOGUE

Le lieutenant Marchand souriait. Il était assis sur le capot du quatre-quatre de la gendarmerie garé au milieu d'une demi-douzaine de voitures de police aux gyrophares allumés, pare-chocs avant pointés vers l'entrée du supermarché. Cet arc-de-cercle de véhicules émettant des lumières bleutées conférait au parking du Leclerc de Château-du-Loir des allures américaines. Sans le réveillon qui avait commencé dans la plupart des foyers et le froid cassant de cette soirée de Noël, les Castéloriens auraient sans doute accouru pour assister à ce spectacle inédit.

À l'exception de la brigadière Duong qui avait procédé un peu plus tôt à l'arrestation d'Honoré Flanquet, l'équipe du chef de la gendarmerie était au complet. Le mari dévoué d'Odette était en train de charger le coffre de sa voiture avec l'âne et les boules tant recherchés quand la PJ d'Angers avait débarqué, accompagnée par la gendarme qui les avait guidés dans la ville. Honoré était sur le point de se mettre en route pour aller abandonner ces emblèmes de Noël dans le jardin du lieutenant Marchand, conformément aux consignes de sa femme.

L'équipe de gendarmes attendait, emmitouflée dans de chauds habits hivernaux, que le lieutenant Marchand leur raconte son intrigante entrevue avec Odette Flanquet. C'est Clara Buisson, la main dans le plâtre et l'œil violet, qui brisa le silence.

– Je n'ai pas bien compris, chef… Odette Flanquet vous a dit quoi exactement ?

Deux policiers en uniforme installaient avec précaution la vieille dame souriante à l'arrière d'une voiture qui démarra aussitôt avant de disparaître plus loin derrière un rond-point, direction Le Mans et de longs mois d'un procès sans doute retentissant. Le lieutenant Marchand attendit que le véhicule emmenant Odette sorte de leur champ de vision, comme pour éviter qu'elle l'entende.

– Dans sa folie, elle a mélangé ses fantasmes d'écrivain à la réalité. Ce qui ne l'a pas empêchée de préparer ses crimes avec la plus grande minutie. Pendant que je lui expliquais que j'étais venu l'arrêter, que c'était son mari qui nous avait indiqué où la trouver, elle répétait sans cesse que nous étions des personnages piégés dans son histoire, qu'elle avait toujours un temps d'avance et que nous avions perdu… Elle avait l'air ailleurs, satisfaite d'une tournure des événements qui n'avait rien à voir avec la réalité. Je n'avais d'abord pas eu l'intention de lui passer les menottes, mais je me suis décidé pour l'aider à prendre conscience. Elle souriait toujours. Son esprit était parti. Il était dans ses livres.

– Pourquoi elle a commis ces meurtres ?

– Son père, Charles de Valois, et Christian de Magne ont brisé sa vie. Elle a été obligée d'abandonner son enfant, Christine, son amant René d'Ambricourt est devenu handicapé… Ils l'ont forcée à suivre une voie qui n'était pas celle qu'elle avait choisie.

– Pourquoi se venger maintenant ? Après toutes ces années ?

– Au cours de la perquisition menée chez Odette et Honoré il y a quelques heures, la PJ d'Angers a retrouvé toutes les affaires de René d'Ambricourt qu'Odette et son mari ont déménagées de La Bouillonière à chez eux. Le grand ménage avant le final. Il y avait notamment de nombreuses ordonnances médicales. D'après le légiste à qui on les a envoyées, notre homme suivait un traitement lourd contre le cancer. Il n'en avait probablement plus pour longtemps. Je pense que c'est lorsqu'elle a réalisé qu'il allait mourir qu'elle a mis son projet à exécution. Faire payer les coupables du vivant de René d'Ambricourt.

Goudeau s'était accroupi et caressait un chien qui gémissait à ses côtés. Il s'excusa auprès de son chef et de ses collègues.

– Désolé, je pouvais pas le laisser tout seul à la maison et il déteste le froid, alors il s'impatiente.

La commissaire Élodie Horry avait pris le relais après que le lieutenant avait demandé au procureur que l'on puisse procéder à une perquisition chez les Flanquet. Mais Marchand avait prévenu son équipe en congé de l'arrestation imminente d'Odette, il tenait à ce qu'ils l'apprennent de sa bouche plutôt que dans la presse le lendemain. Ils avaient tous demandé à le rejoindre sur le parking du Leclerc, y compris le major Spandoni, s'échappant quelques heures de leur réveillon. Seule Eva Duong était de garde et avait donc guidé la PJ d'Angers dans Château-du-Loir jusque chez Odette et Honoré Flanquet.

Le chien que Goudeau réconfortait était celui des frères Loutrel, qu'il avait lui-même assommé deux jours plus tôt. Il avait demandé l'autorisation à son chef et au service vétérinaire de le recueillir chez lui. Le choc au crâne avait rendu l'animal neurasthénique et sensible au froid. Il était difficile de savoir si la blessure au cerveau était plus grave. En attendant, l'animal aimait s'assoir devant le feu de cheminée et contempler les flammes. Et Goudeau appréciait sa compagnie. C'était son cadeau de Noël, avait-il expliqué à sa famille étonnée de le voir accompagné d'un chien.

Clara Buisson avait encore de nombreuses questions à poser à son chef, elle ignorait par exemple pourquoi il avait fini par soupçonner Odette Flanquet. Alors le lieutenant Marchand leur expliqua. Il y avait d'abord eu la façon dont elle s'était trahie la veille en évoquant cinq morts, alors qu'elle n'avait aucune raison de savoir que les meurtres du Mans étaient liés à René d'Ambricourt. Puis Eva Duong avait complété le puzzle en lui confirmant que le nom de jeune fille de sa suspecte était Odette de Valois. La perquisition chez la vieille femme avait permis de confirmer ses doutes. On avait retrouvé les affaires de René d'Ambricourt, des manuscrits de romans, une carte bancaire au nom de l'écrivain…

Une autre question taraudait Clara Buisson, à tel point que celle-ci en oubliait le froid qui commençait à se faufiler sous leurs manteaux.

– Chef, je ne comprends pas son rôle dans la mort de René d'Ambricourt et de Suzanne Rouillard. On était tous là, on a vu ce qui s'est passé, ce n'est pas Odette qui l'a poussé.

Marchand s'était interrogé également. Et il avait une hypothèse, une théorie qui ne serait peut-être jamais confirmée si Odette s'enfermait dans sa folie et n'était plus capable d'apporter aucune réponse. C'était peut-être même à cette occasion qu'elle avait définitivement décroché de la réalité, quand son ancien amant était mort sous ses yeux.

– Odette et Suzanne portaient le même manteau épais avec des motifs à fleurs. Les deux femmes ne se ressemblent pas, mais dans l'obscurité…

Il n'eut pas besoin de terminer sa phrase. Ils avaient compris. Odette avait proposé un pacte à son ancien amant. Ils partiraient ensemble quand tout serait terminé. Tous avaient entendu, la veille, le cri déchirant d'Odette juste avant la chute de l'écrivain dans le vide. C'était peut-être le signal. Il avait cru se jeter sur la femme qu'il aimait, mais elle s'était débrouillée pour que Suzanne prenne sa place. À ses yeux, ce n'était pas une trahison, tout juste un pieux mensonge. Elle avait adouci sa mort inévitable tout en s'offrant à elle-même une nouvelle vie. Son cadeau de Noël, en quelque sorte.

Les gendarmes s'étaient quittés après des accolades chaleureuses, chacun souhaitant le plus beau des réveillons à ses collègues. Clara Buisson et l'adjudant Berthier s'en allèrent dans la même voiture, si bien que le lieutenant Marchand, à la perspicacité à géométrie variable, s'étonna de les voir si proches. Goudeau n'insista pas longtemps pour que son nouveau chien retrouve le chauffage de son véhicule. Spandoni annonça qu'il était temps que son fils découvre la tenue de gendarme qui l'attendait sous le sapin, et Marchand monta dans son quatre-quatre, seul.

Lorsqu'il se gara devant son pavillon de fonction trop grand pour lui, il trouva Héloïse Bergaux, un sac rempli de provisions à la main, sautillant devant sa porte pour se protéger du froid. Il l'avait informée, elle aussi, du dénouement de leur enquête presque commune, pour qu'elle tienne son « scoop ». Mais il ne s'attendait pas à la trouver devant chez lui.

– Nos familles sont loin d'ici, Amaury. J'ai pensé que ce serait mieux qu'on passe ce réveillon ensemble plutôt que chacun de notre côté…

Il eut envie de rire. Pas seulement parce qu'il était heureux de la voir, heureux de cette surprise qui le remplissait d'une chaleur agréable. Mais aussi à cause d'Odette, qui l'avait prévenu qu'Héloïse fêterait Noël à ses côtés. La vieille femme qui avait toujours un temps d'avance n'était pas si folle… Il tendit à la journaliste le paquet qu'elle lui avait confié.

– C'est pour moi ?

Le gendarme lui expliqua l'origine de ce cadeau, il précisa qu'il s'agissait du premier roman de la nouvelle vie d'écrivain que s'était prévue Odette Flanquet après avoir été René d'Ambricourt. Cette introduction intrigua la journaliste, friande de ce genre d'anecdotes. Nouveau roman, nouveau pseudonyme… Amaury Marchand était aussi curieux qu'Héloïse de découvrir le livre qui aurait dû inaugurer la nouvelle existence d'Odette. Quand elle arracha le paquet, ils découvrirent en même temps la couverture. Une boule de Noël, de la neige et un titre qui leur était familier : *Plus que deux morts et c'est Noël.*

NOTE AUX LECTEURS

Chère lectrice, cher lecteur,

Merci d'avoir suivi jusqu'au bout cette aventure bucolique, glaciale et mortifère dans le sud Sarthe, un coin de France qui vaut absolument le détour. Car dans la forêt de Bercé, je vous le promets, vous trouverez plus souvent une des lumières les plus exceptionnelles dont est capable la nature française que des cadavres.

Et justement, puisqu'il est question de cadavre, de forêt de Bercé et de René d'Ambricourt… Vous imaginez bien, chère lectrice, cher lecteur, qu'après pareille histoire, je ne pouvais vous laisser partir sans vous offrir une énigme à mon tour.

Vous trouverez donc dans les pages de ce roman les indices qui vous permettront de vous rendre… quelque part. En un lieu ni tout à fait très lointain, ni tout à fait très proche, mais qui devrait vous faire voyager.

Vous ne savez pas par où commencer ? Mettez-vous à la place de René d'Ambricourt, puis demandez de l'aide à Héloïse Bergaux…

Belle aventure à vous,

Claire Plantevin

Composition et mise en pages
Nord Compo à Villeneuve-d'Ascq